भगवद्गीता के रहस्य

भगवद्गीता के रहस्य

(विश्व के महानतम सत्य का अन्वेषण)

श्री विश्वनाथ

प्रभात पेपरबैक्स
www.prabhatbooks.com

प्रकाशक

प्रभात पेपरबैक्स

4/19 आसफ अली रोड, नई दिल्ली–110002

फोन : 23289777 • हेल्पलाइन नं. : 7827007777

इ–मेल : prabhatbooks@gmail.com ❖ वेब ठिकाना : www.prabhatbooks.com

संस्करण

प्रथम, 2018

अनुवाद

अचलेश चंद्र शर्मा

मूल्य

एक सौ पचास रुपए

अ.मा.पु.स. 978-93-5266-615-7

मुद्रक

आर–टेक ऑफसेट प्रिंटर्स, दिल्ली

BHAGVADGITA KE RAHASYA

by Shri Vishwanath

Published by **PRABHAT PAPERBACKS**

4/19 Asaf Ali Road, New Delhi-110002

ISBN 978-93-5266-615-7

₹ 150.00

समर्पित

भगवान् श्रीकृष्ण,

श्रीरामकृष्ण, स्वामी विवेकानंद

और

श्रीशारदा देवी

को

प्रस्तावना

जब श्री विश्वनाथ ने मुझसे पूछा कि क्या आप मेरी नई पुस्तक 'द सीक्रेट ऑफ भगवद्गीता' की प्रस्तावना लिख देंगे तो मैंने मन-ही-मन कहा, "लो, पुरातन और पुनीत ग्रंथों की सूक्ष्मता व गूढ़ता पर एक और पुस्तक आ गई!" देखिए, मेरा जन्म एक हिंदू परिवार में हुआ, मैं ईसाई बना और मैं मुसलिम, हिंदू, ईसाई, यहूदी, सिख और अन्य धर्म के लोगों के साथ भी रहा और उनसे सीखा।

कम उम्र में ही मैंने विभिन्न धर्मों के अनेक ग्रंथ पढ़ लिये थे। रामायण और गीता को मैंने अपने माता-पिता व परिजनों से सुना और जाना था। दस-ग्यारह वर्ष का होने तक मैंने बाइबिल तीन बार पढ़ ली थी और इसलाम व यहूदी तोराह से तथा उनकी शिक्षाओं से भी मैं थोड़ा-थोड़ा परिचित हो गया था।

दरअसल, मैं इन सभी धर्मग्रंथों की पाठ्य सामग्री पर बहुत मंत्रमुग्ध था। इनमें मैंने विभिन्न शैलियों में अभिव्यक्त 'सत्यों' का दर्शन किया था और पाया था कि सभी मनुष्यों और उनके धर्मों में इतनी अधिक समानता है, जितनी कि मैंने सोची भी नहीं थी। लगता था जैसे ये सारे प्राचीन मनीषी, ऋषि-मुनि और पैगंबर हमें एक ही बात बता रहे हैं—बस उनके शब्द और शैलियाँ अलग-अलग हैं।

फिर भी इन अनेक ग्रंथों की बहुत सी बातों को समझने में कठिनाई सामने आती ही थी। हर धर्म और हर ग्रंथ में इतना सारा

ज्ञान और इतने सारे निर्देश समाहित थे कि तरह-तरह के विषयों और शिक्षाओं की व्याख्याओं की जटिलताओं में हम स्वयं को उलझा हुआ पाते थे।

तो, इस पृष्ठभूमि के साथ मैंने श्री विश्वनाथ की ''सीक्रेट ऑफ भगवद्गीता'' नामक पांडुलिपि को पढ़ना शुरू किया। पहले-पहल तो मैंने यही सोचा था कि मैं इस पर एक उड़ती हुई सरसरी निगाह डालूँगा, मोटे तौर पर इसकी एक तसवीर अपने दिमाग में बना लूँगा और फिर अपने दूसरे कामों में लग जाऊँगा। मर्णांतकारी युद्ध करने को उद्यत दो विशाल सेनाओं के बीच खड़े हुए कृष्ण-अर्जुन संवाद के कई अंश मुझे अच्छी तरह याद थे।

किंतु इस पांडुलिपि को अंतिम शब्द तक पढ़े जाने से पहले मैं छोड़ ही नहीं पाया। जटिल लगने वाले विषय को विश्वनाथ ने एकदम सरल और सुस्पष्ट रूप में प्रस्तुत कर दिया है। सत्य और मार्गदर्शन की तलाश में गीता के अंतरतम में उतरने का प्रयास करते समय वे अनेक उत्कृष्ट उदाहरणों का प्रयोग करते हैं। केवल एक परिपक्व और प्रबुद्ध लेखक व टीचर ही इन गूढ़ व गुह्य रहस्यों को पा सकता था।

यह यदि भगवद्गीता की केवल एक शास्त्रीय व्याख्या होती तो भी यह अपने आप में परिपूर्ण रहती, किंतु उन्होंने हमें एक गहरी अंतर्दृष्टि प्रदान करने के लिए कुछ ऐसे सीधे व सरल अभ्यास भी इसमें दिए हैं, जो हमें अपनी अनेक समस्याओं के समाधान के लिए व्यवहार्य साधन उपलब्ध कराते हैं। जो बात मुझे अत्यंत सुखद लगी, वह है अन्य धर्मों और विश्वासों के प्रति विश्वनाथ की श्रद्धा और आदर। इस पुस्तक में आश्चर्यजनक समझ-बूझ तो दिखाई देती है, किंतु कहीं भी कोई निर्णय या निष्कर्ष नहीं दिया गया है। वे न तो किसी विश्वास पर आक्रमण करते हुए दिखाई देते हैं और न किसी का बचाव करते हुए। जो कुछ उन्होंने पाया है, उसे उन्होंने पाठकों के समक्ष यथावत् रख

दिया है और यह हम पर छोड़ दिया है कि हम इसके साथ क्या करना चाहते हैं। मेरे विचार से यह एक अनोखी बात है।

यह उल्लेखनीय है कि सभी धर्म हमें एक ही दिशा की ओर संकेत करते हैं—'सत्य' की ओर। यह भी उल्लेखनीय है कि उस मार्ग पर जाने की बजाय हमें उस संकेतक को ही थामकर बैठ जाने की गलती नहीं करनी चाहिए। इस पुस्तक को पढ़ते हुए संभव है कि कुछ बातों पर आपके मन में प्रश्न उठ खड़े हों। यह अच्छी बात है। प्रश्न करना हमेशा अच्छा होता है। किंतु इस पुस्तक में आपको अनेक विचार ऐसे भी मिलेंगे, जो आपको अपनी ही गहनतम् अनुभूतियों की अनुगूँज लगेंगे। यह एक विशाल प्रीतिभोज में जाने जैसा है, जहाँ यह आवश्यक नहीं होता कि भोजन के लिए वहाँ जो कुछ भी दिखाई दे, उसे आप खाएँ ही। हो सकता है कि वहाँ उपलब्ध सभी व्यंजन आपको पसंद न हों, किंतु भोजन वहाँ इतना प्रचुर तो होगा ही कि आप अपनी भूख शांत कर सकें।

इस अपूर्व अनुभव की यात्रा पर विश्वनाथ के चरण-चिह्नों पर चलिए और अपने जीवन को परिवर्तित होते देखिए, उसे सामान्य से महान् बनते देखिए। आप यह भी देखेंगे कि एल्बर्ट आइंसटाइन, एल्बर्ट श्विट्जर, कार्ल जुंग, श्रीअरविंद, थोरियो, गांधी, एमरसन और असंख्य अन्य जनों ने गीता में से क्या-क्या खोज निकाला था। धन्यवाद श्रीविश्वनाथ, भगवद्गीता के रहस्य हमारे सामने उद्घाटित करने के लिए बहुत-बहुत धन्यवाद।

—जॉन हरीचरन

(पुरस्कृत पुस्तक 'व्हेन यू कैन वाक ऑन वाटर, टेक द बोट' तथा अन्य बेस्ट सेलर पुस्तकों के लेखक)

भूमिका

आप कितने ही बड़े दार्शनिक क्यों न हो जाएँ, किंतु जब तक आप में यह धारणा बनी रहेगी कि आप मात्र एक शरीर हैं, तब तक आप जमीन पर रेंगते किसी कीड़े से कुछ भी बेहतर नहीं हैं। इसके लिए आपको क्षमा नहीं किया जा सकता। कितनी बुरी बात है कि आपने सारे दर्शन तो पढ़े हैं और फिर भी यह मानते हैं कि आप शरीर हैं। शरीर-देवता, यही हैं आप! क्या यही धर्म है ?

—स्वामी विवेकानंद

भगवान् द्वारा गाई गई गीता की भूमिका का थोड़ा सा परिचय यहाँ दे दिया जाए। यह दृश्य कुरुक्षेत्र की युद्धभूमि का है, जहाँ एक ही परिवार के दो पक्ष भारत का साम्राज्य पाने के लिए युद्ध हेतु आमने-सामने खड़े हैं। पांडव नीति व न्याय के लिए लड़ रहे हैं और कौरव हठधर्मिता के लिए। पांडव पाँच भाई थे और राजसिंहासन पाने के अधिकारी थे, किंतु जुए में कौरवों से हार जाने के बाद उन्हें 13 वर्ष के लिए राज्य छोड़कर वनवास जाना पड़ा। 13 वर्ष की वनवास की अवधि पूरी हो जाने के बाद जब पांडव लौटकर आए, तब कौरवों ने उनका राज्य उन्हें लौटाने से साफ इनकार कर दिया।

भगवान् कृष्ण पांडवों के मित्र थे और वे पाँच पांडवों में से एक तथा समस्त योद्धाओं में सर्वश्रेष्ठ धनुर्धर अर्जुन के सारथी व सलाहकार बनने के लिए सहमत हो गए थे।

भगवद्गीता का आरंभिक दृश्य कुरुक्षेत्र की युद्धभूमि का है, जहाँ दोनों तरफ खड़ी सेनाएँ अपने सामने अपने ही संबंधियों और मित्रों को देख रही थीं। एक भाई इधर खड़ा था तो दूसरा उस तरफ…दादा इधर खड़ा था तो पोता दूसरी तरफ।

भगवद्गीता का सूत्रपात अर्जुन द्वारा कृष्ण से यह कहने के साथ होता है, "हे कृष्ण, मेरा रथ दोनों सेनाओं के मध्य में ले चलिए, जिससे मैं दूसरे पक्ष के उन लोगों को देख सकूँ, जिनके विरुद्ध मुझे युद्ध करना है।"

कृष्ण ने अपना दिव्य शंख पाञ्चजन्य बजाया और श्वेत अश्वों द्वारा खींचे जा रहे उस विशाल रथ को दोनों सेनाओं के मध्य ला खड़ा किया। अर्जुन ने दोनों सेनाओं के योद्धाओं में अपने अनेक कुटुंबजनों को देखा—पितामहों, गुरुओं, चाचाओं, मामाओं, मौसाओं, भाइयों, पुत्रों, पोतों, ससुराली संबंधियों और मित्रों को भी आमने-सामने खड़े देखा।

यहीं से अर्जुन मोहग्रस्त हो गया। वह कृष्ण से बोला, "मेरे अंगों की जैसे शक्ति ही चली गई है, मेरा मुँह सूख रहा है, मेरा शरीर काँप रहा है और मेरा धनुष मेरे हाथ से छूटा जा रहा है। मुझे ऐसी विजय नहीं चाहिए। हे कृष्ण, न तो मुझे राज्य की इच्छा है और न ही सुख की। अपने ही मित्रों, बंधु-बाँधवों और सगे-संबंधियों को मारकर हमें कौन सा सुख मिलनेवाला है?"

अपने धनुष और बाणों को एक तरफ रखकर मन में भारी संताप लिये हुए अर्जुन रथ में अपने आसन पर बैठ गया। इसके बाद हुआ कृष्ण और अर्जुन के बीच का परिसंवाद, यह धार्मिक साहित्य का सबसे विख्यात विमर्श माना जाता है।

कृष्ण ने कहा, "ऐसी संकट की स्थिति में ऐसे कायरतापूर्ण, आर्यों के लिए अवांछनीय, उच्च लोकों से वंचित करनेवाले और तुमको शोभा न देनेवाले विचार तुम में कहाँ से आए? नपुंसकता को प्राप्त मत होओ,

हे अर्जुन! यह तुम्हें शोभा नहीं देता। यह तुम्हारे लिए अनुचित भी है और अनुपयुक्त भी।''

कृष्ण सही जगह पर सीधी चोट करते हैं और अर्जुन के हृदय में चल रहे द्वंद्व के पार देख लेते हैं, भावनात्मकता और कर्तव्यपरायणता के बीच चल रहे द्वंद्व को, ''हे अर्जुन, तुम उनके लिए शोक कर रहे हो, जो शोक करने योग्य ही नहीं हैं और साथ ही बड़े विद्वानों जैसी बातें कर रहे हो। यह तुम्हारे लिए उचित और उपयुक्त नहीं है। जो ज्ञानवान् है, वह न तो मृत के लिए शोक करता है और न जीवित के लिए।''

'अनुचितता' व 'अनुपयुक्तता' वे सारतत्त्व हैं, जिन पर भगवद्गीता में दी गई कृष्ण की सारी शिक्षा आधारित है। कृष्ण फिर और भी बहुत सारे सत्य अर्जुन के सामने उजागर करते हैं, जो उसके असत्य तथा मिथ्या विश्वासों के उस अँधकार को मिटा देते हैं, जिनके चलते वह अपने वास्तविक स्वरूप को नहीं पहचान पा रहा था। इस प्रकार अपने मोह व भ्रम के दूर हो जाने और अपनी स्मरण शक्ति को वापस पा लेने से अर्जुन इस इतिहास प्रसिद्ध युद्ध में विजय प्राप्त कर सका।

यह पुस्तक कृष्ण द्वारा अर्जुन को दिए गए संपूर्ण उपदेश पर कोई भाष्य नहीं है। इसका केंद्र-बिंदु तो भगवद्गीता के सार को, कृष्ण के गूढ़ योग को और परलोकों के अज्ञात विधानों को प्रकट करना है।

कृष्ण अर्जुन से कहते हैं, ''जो कोई हमारे बीच हुए इस पवित्र परिसंवाद का अध्ययन करेगा, वह मुक्त हो जाएगा और उन लोकों को प्राप्त होगा, जहाँ पुण्यात्माएँ निवास करती हैं।''

अनुक्रम

प्रस्तावना *7*

भूमिका *11*

1. ईश्वर कोई विश्वास नहीं है 17

2. क्षेत्र और क्षेत्रज्ञ 21

3. कृष्ण का योग रहस्य 36

4. मोह और आसक्ति के जाल 78

5. एक रहस्यमय शब्द 95

6. मानव काम-लोलुप हो जाएँ 104

7. ईश्वर ने इस ब्रह्मांड की रचना कैसे की 108

8. समस्त धर्मों का सत्य 132

उपसंहार 136

अध्याय एक

ईश्वर कोई विश्वास नहीं है। वह तो ऐसा परम विधान है, जिससे यह सारा ब्रह्मांड संचालित होता है।

कृष्ण अर्जुन से कहते हैं, ''इस सृष्टि का आदि, मध्य और अंत मैं ही हूँ। समस्त विद्याओं में मैं अध्यात्म विद्या हूँ। तर्कशास्त्रियों में मैं निर्णायक सत्य हूँ।''

ईश्वर का प्रमाण क्या है?

ईश्वर का प्रमाण है प्रत्यक्ष बोध, कृष्ण बताते हैं। हम अपने घर की दीवारों का बोध कैसे करते हैं? अपनी ज्ञानेंद्रियों द्वारा। हम दीवार को देख सकते हैं, उसका स्पर्श कर सकते हैं और इस प्रकार इस निष्कर्ष पर पहुँच जाते हैं कि दीवार का अस्तित्व है। यदि हम अपनी प्रज्ञा को और विस्तार दें और दीवार के स्रोत के बारे में गवेषणा-विवेचना करें तो हम उस निर्माणकर्ता तक पहुँच सकते हैं, जिसने वह दीवार बनाई है। और यदि हम अपने मन-मस्तिष्क की खोज को इसी दिशा में और भी सुदूर विस्तार में जाने दें, तो हम इस ब्रह्मांड के रचनाकर्ता को भी खोज सकते हैं।

कृष्ण आगे कहते हैं, "प्रकाशों में मैं सूर्य हूँ, नक्षत्रों में मैं चंद्रमा हूँ, इंद्रियों में मैं मन हूँ, रहस्यों में मैं मौन हूँ, ज्ञानियों में मैं ज्ञान हूँ और सभी जीवों में प्रज्ञा मैं ही हूँ।"

तनिक इस दृश्य की कल्पना कीजिए। आप खिड़की के पास खड़े हैं और बाहर देख रहे हैं। और अपने जीवन में पहली बार आप एक सेब को पेड़ से जमीन पर गिरते हुए देखते हैं। आप चकित-विस्मित हो उठते हैं कि वह सेब जमीन पर कैसे गिरा। अगले दिन, आप पुनः उसी खिड़की से बाहर निहार रहे होते हैं और पुनः एक और सेब को पेड़ से जमीन पर गिरता हुआ देखते हैं। अब आप आश्वस्त हो जाते हैं कि सारे सेब जमीन पर ही गिरेंगे और अगले दिन अपने परिजनों व मित्रों को साथ लेकर आप बगीचे में जाते हैं। एक सेब की ओर संकेत करते हुए आप कहते हैं, "मुझे विश्वास है कि कुछ देर बाद यह सेब जमीन पर आ गिरेगा।"

क्या आपके विश्वास का सेब के जमीन पर गिरने के साथ कोई सरोकार है? सेब तो गुरुत्वाकर्षण के सिद्धांत के अनुसार जमीन पर आ गिरता है। क्या कभी कोई वैज्ञानिक ऐसा कहता है, "मेरा विश्वास है कि सेब जमीन पर आ गिरेगा।" वैज्ञानिक तो घोषित करता है : "गुरुत्वाकर्षण के कारण सेब जमीन पर आ गिरता है।"

विश्वास और विधान दो अलग-अलग चीज हैं। आप बहुत सी बातों पर तब तक विश्वास करते रह सकते हैं, **जब तक कि आपको विधान का पूर्ण ज्ञान नहीं हो जाता। जब विधान का ज्ञान हो जाता है तब विश्वास अंतर्धान हो जाता है।**

ईश्वर कोई विश्वास नहीं है। ईश्वर तो वह परम विधान है, जिससे सारा ब्रह्मांड चलता है।

ब्रह्मांड का उच्चतर विधान

कृष्ण अर्जुन को बताते हैं, "आसुरी स्वभाववाले जन कहते हैं कि

संसार का कोई आधार नहीं है और यह कि यह मैथुनिक है, किंतु ज्ञानी जन ऐसा नहीं मानते।''

ब्रह्मांड की अनेक गतिविधियों के अवलोकन, अध्ययन और व्याख्या-विवेचन के बाद विज्ञान ने बहुत से प्राकृतिक विधान व नियम खोज निकाले हैं। बाहरी तौर पर बिल्कुल सामान्य से लगने के बावजूद अनेक ऐसे प्रबुद्ध लोग अतीत में हुए हैं, और आज भी हैं, जो स्कूल भले ही न गए हों, किंतु उन्होंने निस्स्वार्थ प्रेम और पूर्णतया निर्मलता द्वारा संसार को समझा है, और 'देने' के विधान में उन्होंने पारंगतता हासिल की है। जीवन में विद्यमान उन उच्चतर विधानों को जानिए, जो मानव-मस्तिष्क के साधारण कार्यकलापों से श्रेष्ठतर हैं और जिन्हें आगे बढ़ाने का उनमें साहस व संकल्प है।

विधान, विश्वास कैसे बन गए, यह एक रोचक अध्ययन है

जब कृष्ण, ईसा, बुद्ध, मोहम्मद तथा अन्य धर्मों के संस्थापकों ने इन उच्चतर विधानों के बारे में बताया, तब इनके सार को समझाने के लिए उन्हें उदाहरणों, दृष्टांतों और कथाओं का प्रयोग करना पड़ा। ये लिखित शब्द शीघ्र ही व्याख्या का विषय बन गए और समय के साथ-साथ विश्वास प्रणाली का रूप लेते चले गए। इन विश्वासों की भिन्नता ही आज संसार के अधिकांश द्वंद्व और झगड़ों का कारण बनी हुई है। जो आध्यात्मिक पुस्तकें और प्रतीक ये महापुरुष अपने पीछे छोड़ गए हैं, वे वास्तव में इन उच्चतर विधानों की ही अभिव्यक्ति हैं।

सत्य कभी शब्द व्यूह नहीं होता, सत्य तो स्वयं विधान है

और इसके अतिरिक्त सबकुछ इन विधानों की ही अभिव्यक्ति है, जिसकी व्याख्या मानव ने अपने ढंग से कर ली है। सभी महान् धर्मग्रंथ जिन उच्चतर विधानों को अभिव्यक्त करने के उद्देश्य से लिखे गए थे,

उन विधानों को उनमें खोजने की बजाय यदि आप अपना ध्यान उनमें प्रयुक्त शब्दों में अधिक लगाएँगे, तो ये ग्रंथ आपको भिन्नता से भरे और अलग-अलग ही प्रतीत होंगे।

एकत्व केवल विधान में मिल सकता है

यदि हर व्यक्ति द्वारा आध्यात्मिक विधानों को समझ लिया जाए, उन पर आचरण किया जाए और इसमें निपुणता प्राप्त कर ली जाए तो उसमें सभी धर्मों के प्रति अधिक सम्मान व सराहना का भाव आ जाएगा, एक-दूसरे के प्रति अधिक आदर-प्रेम आ जाएगा, तब इस संसार में शांति का वास होगा।

□

अध्याय दो

क्षेत्र और क्षेत्रज्ञ

पहला आध्यात्मिक विधान

कृष्ण अर्जुन से कहते हैं, ''इस संसार के समस्त चर-अचर जीव पुरुष (जीवात्मा) और प्रकृति (त्रिगुणी शक्ति) के संयोग से उत्पन्न हुए हैं। जो पुरुष और प्रकृति को जान जाता है, वह पुनः इस भूलोक में जन्म नहीं लेता, भले ही उसने यहाँ अपना जीवन कैसे भी व्यतीत किया हो।''

प्रकृति व पुरुष क्या हैं?

इन अवधारणाओं को कृष्ण अर्जुन को कुछ इस प्रकार समझाते हैं, ''प्रकृति को क्षेत्र, क्षेत्र में होनेवाले परिवर्तन और उन परिवर्तनों का कारक जानो, मुझको पुरुष जानो तथा क्षेत्रज्ञ भी।''

फिर क्षेत्र क्या है? क्षेत्र है आपका शरीर, आपका मन और पूरा स्वभाव।

आपके क्षेत्र में आनेवाले परिवर्तन आपके विचारों और कर्मों के प्रभाव से आते हैं। प्रत्येक विचार अथवा कर्म या तो दुःख उत्पन्न करता है या सुख। ये ही क्षेत्र में आनेवाले परिवर्तन हैं।

परिवर्तन के कारक/हेतु वे तीन गुण हैं, जो क्षेत्र में होनेवाले

परिवर्तन को बल देते हैं।

कृष्ण बताते हैं कि परिवर्तन के कारकों के कारण ही आप में और प्रकृति में सारे परिवर्तन आते हैं। आप सुख अनुभव करते हैं, दुःख अनुभव करते हैं, क्रोधित होते हैं, किसी के प्रति आकर्षित होते हैं, वृद्धावस्था को प्राप्त होते हैं, मृत्यु को प्राप्त होते हैं। ग्रीष्म ऋतु शीत ऋतु में परिवर्तित हो जाती है, बीज फल में और जल वाष्प में सबकुछ निरपवाद रूप से परिवर्तित होता रहता है और इस परिवर्तन के कारक वे तीन गुण ही हैं, जो क्षेत्र में कार्यरत रहते हैं। परिवर्तन के ये तीन कारक ही मानव-मानव के व्यक्तित्वों में पाए जानेवाले स्पष्ट अंतर का कारण भी बनते हैं।

प्रकृति के तीन गुण

प्रथमः प्रमाद का कारक (तामसिक)—यह कारक एक अंश को ही संपूर्ण के रूप में देखने के लिए आप पर दबाव डालता है। उदाहरण के लिए, जैसे कोई सेब खा रहा हो और ऐसा माने कि धरती पर बस सेब ही एकमेव फल है।

द्वितीयः समत्व का कारक (राजसिक)—यह कारक हर चीज के अपने अस्तित्व को स्वीकारने और सम्मान करने के लिए आप पर दबाव डालता है। जो सेब खाने का आनंद ले रहा हो, पर वह यह भी स्वीकार करेगा कि पृथ्वी पर विद्यमान आम, केला, संतरा इत्यादि का भी अपना एक समुचित अस्तित्व है।

तृतीयः एकत्व का कारक (सात्विक)—यह कारक आपको विविधता में एकता को देखने व वैसा ही जानने पर बल देता है। सेब, आम, केला, संतरा इत्यादि हर एक फल उस बीज से उत्पन्न होता है, जिसे ईश्वर ने रचा है।

कृष्ण अर्जुन को बताते हैं, ''मैं समस्त सृष्टि का जनक बीज हूँ। ऐसा कोई भी चर या अचर प्राणी नहीं है जो मेरे बिना रह सके।''

परिवर्तन के ये तीन गुण हर व्यक्ति में भिन्न-भिन्न अनुपात में विद्यमान रहते हैं। ये व्यक्ति को एक अलग और विशेष तरीके से सोचने और कर्म करने के लिए दबाव डालते हैं और इसी के परिणामस्वरूप इस संसार में परस्पर द्वंद्व, विसंगति और असामंजस्यता पैदा होती है। कृष्ण बताते हैं कि दुष्ट व्यक्ति वह है, जो अपने व्यक्तित्व में प्रमाद के गुण के अधिक प्रभाव में रहता है। एक संपन्न और सम्मानित व्यक्ति वह है, जो अपने व्यक्तित्व में समत्व के गुण के अधिक प्रभाव में रहता है। एक प्रबुद्ध व्यक्ति वह है, जिसमें एकत्व का गुण अधिक प्रभावी रहता है।

संक्षेप में, कृष्ण स्पष्ट करते हैं कि परिवर्तन का कारक तुम नहीं हो।

दुष्टता, संपन्नता, सम्मान और ज्ञान, ये सब वे तत्त्व हैं, जो परिवर्तन के कारक अर्थात् गुणों द्वारा संचालित होते हैं। आप क्रूर विचार सोचते हैं और कुछ समय बाद आप क्रूर व दुष्ट बन जाते हैं। आप परिश्रम करते हैं और आगामी समय में आपको ख्याति व संपत्ति प्राप्त हो जाती है। आप शांतता व मौन में समय व्यतीत करते हैं और आपके 'दर्शन' की क्षमता बढ़ जाती है। इस संबंध में कृष्ण कहते हैं, "जो तुम्हें क्रूरतापूर्वक विचारने को विवश करता है, वह तुम्हारे भीतर कार्यरत प्रमादवाला गुण है। जो तुम्हें कठोर परिश्रम करने और अपने लक्ष्य को पा लेने के लिए जूझने को दबाव डालता है, वह तुम्हारे भीतर विद्यमान समत्ववाला गुण है। जो तुम्हें शांतता व मौन में समय व्यतीत करने के लिए प्रेरित करता है, वह तुम्हारे भीतर विद्यमान एकत्ववाला गुण है। जैसा तुम सोचते हो और करते हो, वैसा ही तुम्हारा व्यक्तित्व बनता जाता है, किंतु तुम्हारे विचार और कर्म तुम्हारे भीतर विद्यमान गुणों द्वारा संचालित होते हैं।"

"मैं अपनी प्रवृत्ति को कैसे बदलूँ? मैं अपना क्रोध कैसे छोड़ूँ? कार्य को यथासमय और यथाशीघ्र न करने की अपनी आदत पर मैं

कैसे विजय प्राप्त करूँ? और दूसरों के प्रति अधिक प्रेमपूर्ण और उनके सुख-दुःख की परवाह करनेवाला मैं कैसे बनूँ?"—कृष्ण ऐसे प्रश्न न करने की सलाह देते हैं। इनकी बजाय वे बताते हैं कि आपको कुछ भी बदलने, छोड़ने, अपने पर विजय प्राप्त करने जैसी कोई आवश्यकता नहीं है। आपको तो आवश्यकता है बस अपने भीतर कार्यरत त्रिगुणों को पहचानने की और उनसे स्वयं को अलग-विलग कर लेने की। ज्यों ही आप यह कर लेंगे, त्यों ही आप उन गुणों से फिर बद्ध नहीं रह जाएँगे।

यह क्षेत्र, इस क्षेत्र में होने वाले परिवर्तन और इस परिवर्तन के कारक—यह त्रिवेणी मिलकर प्रकृति का रूप धारण करते हैं। आप प्रकृति नहीं हैं, कृष्ण कहते भी हैं, "तुम यह शरीर नहीं हो, तुम मन-मस्तिष्क भी नहीं हो, इस तन व मन में होनेवाले परिवर्तन भी तुम नहीं हो। तुम तो पुरुष हो। तुम जीवात्मा हो, और तुम अकारक हो, अकर्ता हो।"

"जो यह देखता है कि सर्वत्र सारे कार्य प्रकृति द्वारा ही संपन्न किए जाते हैं, और आत्मा अकर्ता है, अर्थात् कुछ नहीं करता, यथार्थ रूप में केवल वही देखता है," कृष्ण उद्‌घोषित करते हैं।

मान लीजिए कि आपके सामने आग है और आप उसमें हाथ डालकर बताते हैं कि यह गरम है। जलाना आग की प्रकृति है और आप यदि इसमें हाथ डालेंगे तो वह जल जाएगा। यह जानकर कि आप आग नहीं हैं और आपको आग की गरमी अनुभव करने की आवश्यकता भी नहीं है, आप अपना हाथ आग से बाहर रखें, आप तो पुरुष हैं, जीवात्मा और चेतना।

कृष्ण जिस बात की ओर संकेत कर रहे हैं, वह यह है कि सृष्टि दो चीजों का संयोग है: एक वह जो परिवर्तनशील है और एक वह जो परिवर्तनशील नहीं है। इनमें से जो परिवर्तनशील है, वह प्रकृति है और जो परिवर्तनशील नहीं है, वह पुरुष है। रचना या सृष्टि तब होती है, जब पुरुष और प्रकृति का संयोग होता है। संसार की कोई भी चीज

ले लीजिए, इनमें कुछ ऐसा है, जो एक समय के बाद विनष्ट हो जाता है, जबकि कुछ ऐसा है, जो शाश्वत बना रहता है। जब आप परिवर्तन के कारक गुणों के साथ स्वयं को जोड़ लेते हैं, केवल तभी प्रकृति आपको स्वाधीन व स्वच्छंद प्रतीत होती है, किंतु जैसे ही आप स्वयं को परिवर्तन के कारकों के बंधन से मुक्त कर लेते हैं, तो आप पाते हैं कि प्रकृति तो पुरुष में संयुक्त है।

''जो परमात्मा को समान रूप से सर्वत्र तथा समस्त जीवों में आत्मा के रूप में विद्यमान देखता है तथा परमात्मा में समस्त जीवों को विद्यमान देखता है, यथार्थ रूप में तो केवल वह ही देख रहा होता है,'' कृष्ण कहते हैं।

''तुम आत्मा हो,'' कृष्ण इस बात पर बल देते हुए कहते हैं, ''तुम संपूर्ण हो। तुम्हारा नाश नहीं किया जा सकता। तुम्हें प्रभावित नहीं किया जा सकता। जो पूर्ण न हो सके, जिसका नाश किया जा सके, जिसे प्रभावित किया जा सके, वह प्रकृति है। इस समय तुम पुरुष में स्थिर रहो और प्रकृति से मुक्त हो जाओ। यह बात जान लो कि समस्त प्रकृति आत्मा के लिए है, किंतु आत्मा प्रकृति के लिए नहीं है।''

प्रकृति से मुक्त कैसे हों?

1. आप विचार नहीं हैं—इसका बोध करके प्रसन्नता महसूस कीजिए

यह बात आपने असंख्य बार सुनी होगी: आप अपने विचार नहीं हैं। किंतु क्या इस बात से आपने कभी सुख या प्रसन्नता महसूस की या यह आपके लिए केवल एक दार्शनिक धारणा मात्र रही है ? इसे समझने के लिए यहाँ एक उदाहरण दिया जा रहा है।

यहाँ दिए गए दृश्य की कल्पना कीजिए। आपको हर सुबह अपने दाँतों को ब्रश करना होता है। और, आप सारा दिन यही सोचते रहें, 'मुझे कल सुबह अपने दाँत ब्रश करने हैं।'

'मुझे अपने दाँत ब्रश करने हैं।...'

'मुझे अपने दाँत ब्रश करने हैं।...'

आइए, इसमें एक कदम और आगे बढ़ें। अब आप अपने लिए यही बात लिखकर एक नोट के रूप में अपने बाथरूम में चिपका देते हैं और अपने कमरे के कोने में भी। तनिक देखिए कि यह सब कितना हास्यास्पद लगता है।

आपके लिए आवश्यकता केवल इतनी सी थी कि आप सुबह उठते और अपने दाँतों को ब्रश करने के बारे में बस एक बार सोचते। फिर आप सीधे जाकर ब्रश कर लेते। **विचारणा, सोचना आपकी कोई आवश्यकता नहीं है। जब आपको कुछ करने की आवश्यकता हो, आप केवल तभी सोचें, तभी विचारणा करें।**

''सभी रहस्यों में मैं मौन हूँ,'' कृष्ण अर्जुन के साथ अपना संवाद जारी रखते हुए कहते हैं।

विचार को हटा देना मौन नहीं है, न ही, नीरव, शांत, स्थिर या निश्चल बने रहना मौन है। मौन तो वह अवस्था है, जिसमें आप केवल तभी सोचें, जब वह आवश्यक हो।

प्राचीनतम हिंदू ग्रंथ वेद कहता है, ''अज्ञानी व मूर्ख का मन सोचने या न सोचने के उलझाव में फँसा रहता है, किंतु ज्ञानी व प्रबुद्ध व्यक्ति का स्वभाव ही विचार शून्य रहना होता है, क्योंकि वह उतना ही और वही सोचता है, जितना कि उचित व उपयुक्त हो।''

एक शांत, नीरव, निश्चल व मौन मन किसी भी व्यक्ति की सबसे बड़ी संपदा होती है। जब आपका मन सजग व सचेत रहता है, तब आप पुरुष (आत्मा) के तादात्म्य में रहते हैं और अपार बल गहसूस करते हैं, किंतु जब आपमें विचारों की प्रबलता हो जाती है, तब आप स्वयं का विचारों के साथ तादात्म्य कर लेते हैं और फिर आप सुख व दुःख के प्रवाह में बहते चले जाते हैं, उसी में डूबते-उतरते रहते हैं।

जब आप विचार-रचना को अपनी बागडोर सौंप देते हैं, तब विचार ही शक्तिशाली हो जाते हैं।

जब आप अपनी परिस्थितियों द्वारा अपने विचारों को प्रभावित होने देते हैं, तब विचार आपकी ऊर्जा का हरण कर लेते हैं।

मत भूलिए, आप अपने विचारों के लिए तो जिम्मेदार हैं, किंतु आप विचार नहीं हैं।

आप अपने मन को मौन व शांत करने का चयन कभी भी कर सकते हैं। यह तो प्रकृति ही है, जो आपको विचारों से जुड़े रहने के लिए उकसाती रहती है। विचार आपकी ऊर्जा को सोख लेते हैं। विचारणा तभी कीजिए, जबकि वह आवश्यक हो। मुक्तता महसूस कीजिए कि आप अपने विचार नहीं हैं, और यह भी कि जब आवश्यक हो, तब आप उन्हें रचने के लिए स्वतंत्र भी हैं।

2. आप अपने अनुभव नहीं हैं—यह जानकर प्रसन्नता महसूस कीजिए।

कृष्ण अर्जुन को बताते हैं, ''प्रकृति में वास करनेवाला पुरुष उस प्रकृति से उत्पन्न होनेवाले पदार्थों व घटकों का अनुभव करता है। जन्म हेतु गर्भ में आना, अच्छा और बुरा होना, यह सब परिवर्तन के कारकों अर्थात् गुणों में आलिप्त रहने के कारण ही होता है।''

कृष्ण यह बारंबार कहते हैं कि इस संसार में समस्त सुख और दुःख का मूल कारण है, इस त्रिगुणी माया के साथ स्वयं को जोड़े रखना। इसीलिए वे अर्जुन को बारंबार इन तीन गुणों से मुक्त रहने की सलाह देते हैं।

पुरुष अनुभव में कभी भाग नहीं लेता, वह तो बस अवलोकन करता है। अनुभव में जो भागीदारी करती है, वह तो प्रकृति है। पुरुष जब प्रकृति के साथ मिल जाता है तब ऐसा प्रतीत होता है कि पुरुष

सुख व दुःख का अनुभव कर रहा है, किंतु यह सत्य नहीं है। इस पर विचार कीजिए। **आपके व्यक्तित्व का क्या होगा यदि आपके विगत अनुभव आप में से हटा दिए जाएँ, निकाल दिए जाएँ?** यदि आपके व्यक्तित्व के सारे विगत अनुभव मिटा दिए जाएँ तो क्या आपके व्यक्तित्व का कोई पहलू शेष रह जाएगा? आपके व्यक्तित्व का यही तो वह पहलू है, जो कि आपका वास्तविक स्वरूप है और आपका यही स्वरूप आपके लिए जानने योग्य भी है। बाकी सब तो परिवर्तनशील है।

यहाँ मैं आपको एक उदाहरण देता हूँ।

मान लीजिए कि पहनने के लिए आपके पास तीन सूट या तीन ड्रेस हैं। इनमें से एक तो बिल्कुल गंदी है, दूसरी फटी हुई है, किंतु तीसरी साफ-सुथरी है और उस पर इस्त्री भी हो रखी है, तो पहनने के लिए आप कौन सी उठाएँगे? कहने की आवश्यकता नहीं है कि आप वही उठाएँगे, जो साफ-सुथरी है, इस्त्री करी हुई है, न कि वह जो गंदी है या फटी हुई है।

इसका अर्थ यही हुआ कि आपमें उसे चयन करने की, उसे पहचानने की क्षमता और योग्यता है, जो आपके लिए सर्वोत्तम हो। सबसे स्वच्छ वस्त्रों का आपने झट चयन कर लिया। वे तीनों परिधान आपके ही थे, यह भी आप भली-भाँति जानते थे, अतः जिन्हें आपने छोड़ दिया था, उनका स्वामित्व तो आपने नहीं छोड़ा, आपने तो उस समय बस सबसे स्वच्छ सूट या ड्रेस को चुन लिया था।

अपने अनुभवों के साथ भी आपको ऐसा ही करना है। आप अपने अनुभव नहीं हैं, ठीक वैसे ही जैसे आप अपने सूट या ड्रेस नहीं हैं। आपने अपने सूट या ड्रेसों का अवलोकन किया था और इस तरह आपने उनमें से सर्वोत्तम को चुन लिया था। **इसी प्रकार आपको स्वयं को प्रशिक्षित करना होगा कि आप अपने विगत अनुभवों का अवलोकन तो करें, किंतु उनके साथ स्वयं का तादात्म्य करने के**

लिए लालायित न हो उठें। अपने समस्त अनुभवों को, अच्छों को भी और बुरों को भी शांत व तटस्थ भाव से देखें, उनका अवलोकन करें। यदि आपका कोई बहुत बढ़िया अनुभव रहा है तो प्रसन्नता से उछल पड़ने की आवश्यकता नहीं है, और न ही किसी विगत पीड़ाप्रद अनुभव पर उदास या अवसादग्रस्त हो जाने की ही आवश्यकता है। आपके समस्त विगत अनुभव आपके व्यक्तित्व का वह पहलू दरशाते हैं, जो परिवर्तन के अधीन है। उपर्युक्त उदाहरण में, परिधान गंदे हैं या साफ-सुथरे हैं, इसका वाकई कोई महत्त्व नहीं है। आप अपने अनुभव नहीं हैं। यदि अपने किसी विगत अनुभव से जुड़ना, उससे तादात्म्य करना, आपको प्रसन्नता देता है और आपके स्वाभिमान को बढ़ाता है तो शौक से ऐसा करते रहिए। अपने विगत अनुभवों में से किसी भी अनुभव को चुन लेना आपके अधिकार में है। किंतु अवलोकन करने व चयन करने में पर्याप्त स्पष्ट रहिए। जो अवलोकन करता है वह पुरुष है और जो चयन करता है, अनुभव करता है, वह प्रकृति है।

''संसार में केवल एक ही पाप है'', कृष्ण उद्घोषित करते हैं, ''पाप का विचार करना सबसे बड़ा पाप है।''

आप अपने विगत विचार नहीं हैं। आप अपने विगत अनुभव भी नहीं हैं। आप एक नितांत नया अनुभव रचने के लिए स्वतंत्र हैं। उदास, मलिन, व नीरस विचारों के साथ-साथ दुःखद व अपराध-बोधवाले विचारों को उतार फेंकने का साहस कीजिए। आप पुरुष हैं और संपूर्ण हैं। यदि आप उन तीन गुणों के साथ स्वयं को न जोड़ें तो अनुभव और विचार आप में कभी एक खरोंच भी नहीं लगा सकते।

3. आप अपनी वर्तमान परिस्थितियाँ नहीं हैं—यह ध्यान करते हुए आश्वस्त रहिए।

जब आपको यह बोध हो जाता है कि आप न तो अपने विचार

हैं और न ही अपने अनुभव हैं, तब जो एक तर्कपूर्ण बात इसके साथ आ जुड़ती है, वह यह है कि आप अपनी वर्तमान परिस्थिति भी नहीं हैं। आपकी प्रत्यक्ष स्थिति केवल आपके व्यक्तित्व को प्रकट करती है, जो कि उस समय पर विद्यमान आपके विचारों का प्रत्यक्ष प्रतिबिंब ही होता है। यदि आप एक खराब स्थिति से गुजर रहे हैं तो आपके विचार निम्न, उदास और अवसादयुक्त होंगे। आप कुछ भी कर लें, वे ऐसे ही रहेंगे। अपनी वर्तमान अवस्था को बदलने के लिए आपको सशक्त विचारों और विपुल ऊर्जा की आवश्यकता होगी, और इन्हें प्राप्त करने की एक ही सिद्ध पद्धति है, जो आपको अपूर्ण होने की अनुभूति दे रहा है, उससे अपने विचारों को पृथक् करके उन्हें उस पहलू से जोड़ने के लिए स्वयं को प्रशिक्षित करना होगा, जो आपको पूर्णता की अनुभूति करानेवाला हो। ज्यों ही आप ऐसा कर लेंगे, त्यों ही आप अच्छा महसूस करने लगेंगे और हर चीज अपने सही ठिकाने पर आने लगेगी।

आइए, एक और उदाहरण लेते हैं। मान लीजिए कि आप टूट गए हैं, किंतु आत्मनिर्भर हो जाना चाहते हैं। यहाँ आपके व्यक्तित्व के दो पहलू हो सकते हैं—एक तो वह है, जिसमें आप चुक गए हैं और दूसरा वह, जिसमें भरपूर पैसा है। अब स्वयं से पूछिए, ''क्या तुम धन-बाहुल्य के योग्य हो? क्या तुम एक ऐसे संपन्न व्यक्तित्व का आनंद उठाना चाहते हो, जो जीवन और प्रयोजन से परिपूर्ण हो, साथ ही जीवन की चुनौतियों को स्वीकार करने के लिए भी तैयार हो?''

निश्चय ही हम में से अधिकांश लोग संपन्न व्यक्तित्व को पाने के लिए ही लालायित होंगे।

''आप वही बन सकते हैं जो आप हैं,'' कृष्ण बताते हैं, ''आप वह कभी नहीं बन सकते जो आप नहीं हैं।''

प्रेम, करुणा, निर्मलता, निष्कपटता, असंकुचितता, विशाल हृदयता आपके व्यक्तित्व के उच्चतर पहलू हैं। विभ्रम, अस्पष्टता,

अनिर्णयता, अभाव और तनाव आपके व्यक्तित्व के निम्नतर पहलू हैं। कृष्ण कहते हैं कि अपनी परिस्थितियों को बदलने का सरलतम उपाय है, स्वयं को प्रमादवाले गुणों से पृथक् कर लेना और एकत्ववाले व समानतावाले गुणों से जोड़ लेना। ज्यों ही आप उससे हटकर इस पर आ जाते हैं, त्यों ही आपके विचार और कर्म आपको प्रचुरता, प्रेम और करुणा की ओर ले जाने लगते हैं। जिसने आपको आपके टूट जाने की, चूक जाने की अनुभूति दी है, वे हैं आपके विचार, आपके अनुभव, वे वर्तमान परिस्थितियाँ, जो आपके भीतर कार्यरत प्रमादवाले गुण से अत्यधिक प्रभावित हैं। इससे छूटकर मुक्त हो जाइए और बस यह प्रसन्नता महसूस कीजिए कि आप अपनी वर्तमान परिस्थिति नहीं हैं। किसी शांत-एकांत स्थान में बैठ जाइए और उस चीज से संपर्क साधिए, जो आपके अनुभवों से और आपकी वर्तमान परिस्थिति से जुड़े विचार नहीं हैं। उस ध्यान से आपको शक्ति, शांति, श्रेष्ठता और वह सबकुछ मिलेगा, जिसकी आप आकांक्षा करते हैं।

4. आप अपने वास्तविक स्वरूप के संसर्ग व संपर्क में तत्क्षण आ सकते हैं—इस बोध से आप सबल महसूस कीजिए।

''मेरा ही एक अंश समस्त प्राणियों में जीवात्मा रूप में रहता है,'' कृष्ण वर्णन करते हैं, ''वह पाँचों इंद्रियों और छठे मन को एक साथ रखता है। सभी प्राणी मुझमें वास करते हैं, किंतु मैं उनमें वास नहीं करता।''

कृष्ण कहते हैं कि जैसे एक सूर्य संपूर्ण जगत् को प्रकाशित कर देता है, इसी प्रकार प्रत्येक प्राणी के शरीर में स्थित एक जीवात्मा सारे शरीर को चेतना से प्रकाशित करता है। जीवात्मा का अर्थ है प्रत्येक जीव में स्थित आत्मा, अर्थात आपके व्यक्तित्व का वह पहलू, जो किसी के भी द्वारा न तो नष्ट किया जा सकता है, न ही प्रभावित किया जा

सकता है। अगले अध्याय में हम इस पहलू पर सविस्तार चर्चा करेंगे।

अर्जुन यहाँ कृष्ण से एक महत्त्वपूर्ण प्रश्न पूछता है, ''ब्रह्मांड में हो रहे समस्त परिवर्तनों का कारण यदि क्षेत्र में कार्यरत रहने वाले इन तीन गुणों का ही परिणाम है, तो फिर मानव जीवन का परम प्रयोजन क्या है?''

तो कृष्ण जवाब देते हैं, ''जो व्यक्ति योग में दृढ रहते हुए अध्यवसाय करता है, वह अंतरतम में वास करती जीवात्मा के दर्शन कर लेता है, किंतु मलिन मन के लोग अपने अंतरतम का ज्ञान प्राप्त न करने के कारण अध्यवसाय करके भी मुझे देखने में असफल ही रहते हैं।''

कृष्ण द्वारा दिया गया यह एक बहुत ही सुंदर संदेश है, जिसमें वे कह रहे हैं कि मानव जीवन का लक्ष्य है एकत्व को पाना। उनका संदेश स्पष्ट है कि संकल्प व उत्साह इस लक्ष्य तक पहुँचने में आपके लिए सहायक नहीं होंगे, वे तो लक्ष्य की ओर केवल बढ़ने में आपकी सहायता करेंगे। एकत्व के लक्ष्य तक पहुँचने में आपको योग के साथ दृढ रहने, लगनशील रहने की आवश्यकता पड़ेगी।

योग का अर्थ बैठकर या खड़े होकर हाथों व शरीर को मोड़ना, मरोड़ना या घुमाना नहीं है। यहाँ जिस योग का संदर्भ दिया गया है, वह कुछ और है। यह है उन तीनों गुणों के प्रति रहनेवाले अपने लगाव से पार और परे चले जाना, उनसे ऊपर उठ जाना, जिनकी चर्चा हम पहले कर चुके हैं। कृष्ण ने बता दिया है कि जो इस योग में पारंगत होने में विफल रहते हैं, वे लोग उन्हें प्राप्त नहीं कर पाते हैं, किंतु जो इस योग के लिए अध्यवसाय करते हैं, साधना करते हैं, वे कृष्ण को प्राप्त हो जाते हैं।

एक दिव्य वचन में कृष्ण कहते हैं, ''एकाग्र मनवाले योगी जो निरंतर मेरा ध्यान करते हैं, उन्हें मैं सदैव सरलता से प्राप्य रहता हूँ।''

प्रकृति

(सभी प्रभावों का कारण)

परिवर्तनकारी तीन गुण

गुण		**प्रभाव**
प्रमाद का गुण (तामसिक)	→	धूर्तता, आलस्य, कार्य स्थगन
समत्व का गुण (राजसिक)	→	शक्ति, अधिकार, संपत्ति की लोलुपता
एकत्व का गुण (सात्त्विक)	→	अनेकता में एकता देखना

↓

विचार

↓

अनुभव

↓

परिस्थितियाँ

↓

व्यक्तित्व

आप प्रकृति नहीं हैं, आप अपने विचार, अपने अनुभव और अपनी परिस्थितियाँ भी नहीं हैं।

आप वे तीन गुण भी नहीं हैं।

आप पुरुष हैं।

सम्यक् दृष्टिकोण को जन्म देनेवाला कृष्ण का सफल सूत्र

जब आप तरोताजा और ऊर्जा से ओतप्रोत हों, तब यह अभ्यास करके देखिए। अपनी आँखें बंद कर लीजिए और कल्पना कीजिए कि आप दिल्ली में हैं और आपको मुंबई जाना है। सुबह की उड़ान भरने

के लिए आप हवाई अड्डे की तरफ लपके जा रहे हैं कि तभी आपको बंगलुरु से आए फोन पर एक बुरी खबर मिलती है कि आपके पिता की हालत गंभीर है और वे आपको देखना चाहते हैं। आप मुंबई जाना छोड़कर बंगलुरु की उड़ान पकड़ते हैं। बंगलुरु में अपने पिता की सेबा-सुश्रूषा में लगे रहने के दौरान कई घटनाएँ तेजी से आपके सामने से गुजरती हैं। आपको वहीं एक नई नौकरी का अवसर मिल जाता है, आपको अपना जीवनसाथी मिल जाता है और शीघ्र ही बंगलुरु में आपको नया घर भी मिल जाता है।

बंगलुरु में आपको रहते दो दशक बीत गए हैं। इस दौरान आप अनेक सुखद व दु:खद स्थितियों से गुजरते हैं। जीवन इसी प्रकार चल रहा होता है कि एक दिन दिल्ली से आया आपके बचपन का मित्र आपसे मिलने घर आता है। पुरानी यादों में घूमते हुए आप उसके साथ कुछ देर अच्छा समय व्यतीत करते हैं। चलते समय वह एक प्रश्न उछाल जाता है, जो आपके दिमाग में घर कर जाता है।

"बंगलुरु के अपने जीवन की जो सुखद व दु:खद घटनाएँ तुमने सुनाईं, वे दिलचस्प रहीं और जिस हिम्मत और बहादुरी से तुमने अपने बुरे समय का सामना किया, उसके लिए मुझे तुम पर गर्व है। फिर भी मेरे अंदर से तो यही आवाज आ रही है कि तुम्हारी मंजिल, तुम्हारा लक्ष्य अभी भी मुंबई ही है।"

अब अपनी आँखें खोल लीजिए, एक एकदम नया नोटपैड लीजिए और ये पाँच वाक्य लिखिए—

1. **लक्ष्य और अनुभव दो अलग-अलग चीजें हैं।** हर अनुभव सही व सटीक होता है और मेरे व्यक्तित्व के अनुरूप आकार लेने में सहायक होता है। तथापि यदि मेरा लक्ष्य मुंबई होनेवाला है तो बंगलुरु के अनुभव अंतत: कोई महत्त्व नहीं रखते, भले ही वे कैसे भी रहे हों।

2. **संघर्ष की अपेक्षा संघर्ष-क्षेत्र अधिक महत्त्वपूर्ण है।** हर युद्ध में, हर संघर्ष में जय-पराजय होती ही है। किंतु यदि मैं एक गलत संघर्ष-क्षेत्र में संघर्ष कर रहा हूँ, तो मेरी जय अथवा पराजय का वास्तव में कोई अर्थ, कोई महत्त्व नहीं रह जाता।
3. **पुरुष ही लक्ष्य है।** वह संघर्ष, जो पुरुष को स्मरण रखने में मुझे सहायक रहे, वही आदर्श संघर्ष है।
4. **संघर्ष का प्रबंधन सम्यक् हो।** मेरे विचार, मेरे अनुभव और मेरी प्रत्यक्ष परिस्थितियाँ ही वे संघर्ष हैं, जिनसे मैं अनवरत जूझता रहता हूँ। जब पुरुष मेरी दृष्टि से ओझल हो जाता है, तब यह संघर्ष जटिल प्रतीत होता है, किंतु जब मैं पुरुष रूपी लक्ष्य को ध्यान में रखता हूँ, तब इसका प्रबंधन सरल हो जाता है।
5. **पुरुष को याद रखिए।** जब मैं लक्ष्य और संघर्ष-क्षेत्र को भूल जाता हूँ, तब मैं संघर्ष में उलझ जाता हूँ। और जब मैं पुरुष को याद रखता हूँ, तब प्रकृति से ऊपर उठ जाता हूँ।

कृष्ण अर्जुन को परामर्श देते हैं, ''मुझको और युद्ध को सदा स्मरण रखो। अपने मन और बुद्धि को मुझ पर केंद्रित रखो। समस्त संदेहों को निकाल दो, तुम अवश्य ही मुझे प्राप्त करोगे, क्योंकि तुम मुझे प्रिय हो।''

□

अध्याय तीन

कृष्ण का योग रहस्य तथा स्वर्ग के बारे में उनकी अवधारणा

दूसरा आध्यात्मिक विधान

मृत्यु के बाद क्या होता है?

इस प्रश्न का उत्तर पहले भी अनेक मनीषियों द्वारा दिया गया है। किंतु कृष्ण मृत्यु के उपरांत के विधान का रहस्योद्‌घाटन कुछ इस प्रकार करते हैं। ''मृत्यु के उपरांत क्या होता है'' यह कभी कोई रहस्य नहीं रहा है। कृष्ण कहते हैं कि यह एक विधान है और इस स्वयं-सिद्ध सत्य को जाना जा सकता है। तथापि इस नीति की पद्धति और इसका वह सूक्ष्म विवरण जिसके तहत यह विधान कार्य करता है, वह सदा-सर्वदा एक रहस्य ही रहेगा। कृष्ण हमसे आग्रह करते हैं कि इस विधान के परिचालन के चक्कर में न पड़कर हम इस विधान को तो पहले जान लें कि मृत्यु का विधान किसी की भी मृत्यु में कोई भेदभाव नहीं करता—मरनेवाला चाहे नास्तिक हो, अज्ञेयवादी हो, हिंदू हो, मुसलिम हो, ईसाई हो, बौद्ध हो अथवा किसी अन्य धर्म का हो। मृत्यु का विधान सब के साथ समान बरताव करता है।

मृत्यु-उपरांत का विधान

कृष्ण सबसे पहले व्याख्या करते हैं, "स्वर्ग के विशाल संसार का सुख भोग लेने तथा पुण्यकर्मों के फल पूरे हो जाने के उपरांत वह (जीव) पुनः इस मृत्युलोक में लौट आता है। परम प्रज्ञा द्वारा मार्गदर्शन पानेवाले, किंतु विषय-सुख की लालसा रखनेवाले स्वर्ग तथा मृत्युलोक के बीच आवागमन के चक्र में पड़े रहते हैं।"

स्वर्ग क्या है? यह जानकर शायद आपको अचरज हो कि स्वर्ग आत्मा का अंतिम गंतव्य स्थान नहीं है। स्वर्ग तो एक पड़ाव के समान है। यह तो आत्मा के लिए एक अल्प अवधि का विश्रामालय है, जिसके बाद वह पृथ्वी पर वापस आती है। कृष्ण बताते हैं कि स्वर्ग से भी उच्चतर व श्रेष्ठतर अन्य अनेक लोक भी हैं।

चार समानांतर लोक

चार समानांतर लोक सदैव अस्तित्व में रहते हैं। पहला है—पृथ्वी लोक जहाँ मनुष्य रहते हैं।

पृथ्वी लोक—पृथ्वी लोक में बल भौतिक होता है और पदार्थ अनुभवगम्य व इंद्रियग्राह्य। इस लोक में सबकुछ मनुष्य से लेकर पेड़-पौधे, जीव-जंतु और नैसर्गिक पदार्थ तक, बल और पदार्थ के संयोजन के रूप में रहते हैं। यहाँ बल व पदार्थ के अंतर को सरलता से पहचाना जा सकता है। बल को शारीरिक रूप से महसूस किया जा सकता है और पदार्थ बिल्कुल दृश्य होता है। टेबल फैन का उदाहरण लीजिए। टेबल फैन जब चल नहीं रहा हो, तब आप उसकी पंखुड़ी को देख सकते हैं। किंतु जब उसका स्विच ऑन कर दिया जाता है, तब पंखड़ी घूमने लगती हैं और दिखती नहीं हैं, लेकिन हवा चलने लगती है और आप बल का प्रदर्शन तथा व्यक्तीकरण अनुभूत करते हैं।

आपका शरीर तो उस टेबल फैन के समान है और विचार वे बल हैं, जो आपको चलायमान रखते हैं। संसार में व्याप्त सारी क्रियाएँ,

निष्क्रियताएँ, ज्ञान, अज्ञान, औचित्य और अनौचित्य आपकी मानसिक तरंग (वायब्रेशन) का ही परिणाम हैं। कृष्ण ने कहा है, "जब आपका मन निम्न तरंग में होता है, तब आपके अधिकांश विचार शारीरिक भोग-विलास पर केंद्रित रहते हैं, तब आपके विचार नैसर्गिक वृत्ति के आवेश से उपजे होते हैं। किंतु जब आपकी मानसिक तरंग उन्नत हो जाती है, तब आपके विचार इंद्रियों से जुड़े न रहकर बुद्धि से जुड़ जाते हैं।"

फिर आपके विचार औचित्य के बल पर आधारित हो जाते हैं।

जब आप अपने मन की इस तरंग को सोपान पर चढ़ाएँगे अर्थात् ऊपर व आगे बढ़ाते जाएँगे, तब आप अपनी बुद्धि से भी मुक्त होते जाएँगे और तन व मन से परे और पार होते हुए परम चेतना के संसार में प्रवेश करते जाएँगे।

फिर आपके विचार अंतःप्रेरणा के बल पर आधारित हो जाते हैं।

कृष्ण के अनुसार इस संसार में जितने भी दुःख व कष्ट हैं, वे केवल अपने मन की तरंग को ऊपर उठाने में व आगे बढ़ाने में आपकी क्षमता के अभाव के कारण हैं। जैसे ही आप अपने मन की तरंग को ऊपर उठाते व आगे बढ़ाते हैं, आप तीनों गुणों के पाश से मुक्त हो जाते हैं। वे समस्त समस्याएँ, जो पहले आपको उद्विग्न व उद्वेलित करती प्रतीत होती थीं, वे तिरोहित हो जाती हैं, क्योंकि वे तरंग के उच्च स्तर पर टिक ही नहीं सकती हैं।

यह उदाहरण देखिए। मान लीजिए कि आप एक फ्राईपैन में मक्खन लेते हैं और उसे गरम करते हैं। क्या होता है? मक्खन शीघ्र ही पिघलकर तरल हो जाता है। उसका स्वरूप ही बदल जाता है।

यह कैसे हुआ? विज्ञान के अनुसार इसका उत्तर होगा कि अग्नि की ऊष्मा या गरमी वह बल था, जिससे यह परिवर्तन हुआ। जबकि

वही मक्खन यदि फ्रिज में रख दिया जाए तो ठोस हो जाता है। तो इन सबसे आप क्या समझे?

जिस वातावरण में आप अपने मन-मस्तिष्क को रखते हैं, उस पर, बहुत सचेत रहते हुए ध्यान दीजिए, क्योंकि संसार के बारे में आपके बोध को रूप-आकार वही देता है।

यदि आपका मन-मस्तिष्क एक जमी हुई और जंगम अवस्था में है, जिसमें आप अतीत के अनुभवों और विचारों के साथ अपना तादात्म्य कर चुके हैं, तो आप उसी तादात्म्यता को ढोते हुए चलते रहेंगे और आपका बोध आपके उन्हीं विचारों तथा अनुभवों के स्वभाव द्वारा गढ़ा जाता रहेगा। किंतु यदि आप अपना तादात्म्य कहीं अधिक श्रेष्ठतर के साथ करने और वहीं बनाए रखने का निर्णय लेते हैं तो आपको अपने मन की तरंग को ऊपर व आगे ले जाने के लिए तैयार करना होगा। इस प्रकार आप अपने बोध को प्रभावित कर पाएँगे।

ऊष्मा वह परिवर्तनकारी उत्प्रेरक था, जिसने ठोस मक्खन को तरल का रूप दे दिया। बिल्कुल ऐसा ही तब होता है, जब आप अपने भीतर की समस्त सर्वोत्तम ऊर्जा को एकत्र कर लेते हैं और फिर उस एकाग्र ऊर्जा को अपने वांछित लक्ष्य की ओर प्रक्षेपित कर देते हैं। तरंग का स्तर तब बढ़ जाता है। यही वह मूल सिद्धांत है, जिसे हर कोई अनदेखा कर रहा है।

जब आप अपने मन की तरंग का स्तर उठा व बढ़ा लेते हैं, तब आपके 'दर्शन' की, अवलोकन क्षमता स्वयमेव बढ़ जाती है। और जब आपके दर्शन की अवलोकन क्षमता ऊँचाई छूने लगती है, तब आपकी सजगता की चैतन्यता में भी अभिवृद्धि हो जाती है। यह विकसित अवस्था दरअसल किसी भी समस्या के मूल को तलाश लेने की क्षमता को तथा सामने खड़ी समस्या के किसी रचनात्मक समाधान को ढूँढ़ निकाल लेने की योग्यता को पैदा कर देती है।

जब आप अपने मन की तरंग का स्तर बढ़ा लेते हैं, तब मन उन चीजों के साथ तादात्म्य करना छोड़ देता है, जो वह पहले तरंग के निचले स्तर पर किया करता था। फिर तो यह अपनी तादात्म्यता को उन चीजों के साथ अवस्थित कर देता है, जो कि अब तरंग के उच्चतर स्तर पर विद्यमान हैं।

मक्खन की ठोसपनवाली पहचान जा चुकी है और अब उसकी पहचान तरल रूप ले चुका है। **तरंग आपकी पहचान को निर्धारित करती है और तरंग में आनेवाला कोई भी परिवर्तन उत्थित सजगता कहा जाता है।**

इसे जब आप चरम पर ले जाते हैं और जब आपका मन अत्यंत उच्च स्तर की तरंग पर होता है, मन से यहाँ मेरा तात्पर्य उस बल से है, जो कि मन को तरंगित कर रहा होता है, तब हम द्वितीय लोक में प्रवेश करते हैं, जिसे 'चंद्रलोक' कहा जाता है।

चंद्रलोक (स्वर्ग का संसार)

"धुएँ में, रात्रि में, कृष्ण पक्ष में अथवा सूर्य के दक्षिणायन होनेवाले छह मास की अवधि के दौरान जो दिवंगत होता है, वह चंद्रलोक को जाता है, किंतु उसे पुनः पृथ्वी पर लौटना पड़ता है," कृष्ण अर्जुन को बताते हैं।

चंद्रलोक को स्वर्गलोक भी कहा जाता है। जैसा कि नाम से लगता है, चंद्रलोक चंद्रमा नहीं है। चंद्रलोक तो पृथ्वी और समूचे सौरमंडल की गतिविधियों को आवृत्त किए हुए है और इन सबको प्रभावित करता है। चंद्रलोक में बल मानसिक होता है और पदार्थ सूक्ष्म। पृथ्वी लोक में हमने देखा था कि बल भौतिक था और पदार्थ अनुभवगम्य व इंद्रियग्राह्य।

चंद्रलोक में देवता वास करते हैं, जिन्हें कुछ धर्मों में देवदूत भी कहा जाता है। देवता (या देवी) का अर्थ है, वे आत्माएँ जो ऐसी

अलौकिक शक्तियों से संपन्न हैं, जो कि मानव-आत्माओं में सामान्यत: दुर्लभ होती हैं। इसीलिए कोई हमारा वर्षा का देवता है, कोई अग्नि का देवता, जल का देवता, मृत्यु का देवता, धन का देवता, प्रेम का देवता, स्वास्थ्य का देवता है, इत्यादि-इत्यादि। ये देवी-देवता पृथ्वी लोक की गतिविधियों को नियंत्रित करते हैं। उनके पास मानसिक व अतींद्रिय शक्तियाँ होती हैं। वे आकाश में उड़ सकते हैं, जल पर चल सकते हैं, सूई के छेद में से हाथी को निकाल सकते हैं, किसी भी रोग को ठीक कर सकते हैं तथा और भी बहुत कुछ कर सकते हैं। ये देवी-देवता उन्हीं शक्तियों तक सीमित रहते हैं, जो उन्हें दी गई होती हैं। तभी तो अग्नि के देवता का जल पर कोई नियंत्रण नहीं होता। उनकी शक्तियाँ अग्नि तत्त्व तक ही सीमित रहती हैं।

चंद्रलोक का एक दिन पृथ्वी लोक के 360 दिन के बराबर होता है। आपको शायद आश्चर्य हो कि यह कैसे संभव है? आइए एक उदाहरण लेते हैं। यदि आप लंदन में हैं और न्यूयॉर्क जाना चाहते हैं तो आपको वहाँ जाने में कितना समय लगेगा?

यदि आप वायुयान से जाएँ तो आपको भौतिक रूप से आठ घंटे लगेंगे। किंतु मानसिक रूप से आप पल भर में न्यूयॉर्क पहुँच सकते हैं। आप बस अपनी आँखें बंद कीजिए और कल्पना कर लीजिए कि आप न्यूयॉर्क में हैं। समझनेवाली महत्त्वपूर्ण बात यहाँ यह है कि हम में से हर एक में भौतिक तथा मानसिक संसार विद्यमान रहते हैं। जब आप वायुयान द्वारा न्यूयॉर्क पहुँचते हैं, तब आप भौतिक संसार में यात्रा कर रहे होते हैं और इसे आप तर्कसंगत रूप से अनुभव करते हैं। जब आप मन द्वारा न्यूयॉर्क पहुँचते हैं, तब आप मानसिक संसार द्वारा यात्रा कर रहे होते हैं और उसे भी आप अकाट्य रूप से अनुभव करते हैं। भौतिक तथा मानसिक दोनों ही संसार अनुभव कराते हैं और केवल अंतर करने के द्वारा ही हम दोनों का अलग-अलग मूल्यांकन करते हैं।

भौतिक संसार में आठ घंटे = मानसिक संसार में दो पल

अतः यह बात समझ लीजिए कि अनेक समानांतर लोक विद्यमान हैं और भूलोक में जो कार्य करने में आपको एक वर्ष लगता है, संभव है किसी अन्य लोक में आपको उसे करने में एक पल ही लगे। यह बिल्कुल संभव है।

मानसिक संसार में, जिस संसार में देवता वास करते हैं, आप कहीं भी और कभी भी उपस्थित हो सकते हैं। लंदन से न्यूयॉर्क की यात्रा देवता पल भर में कर सकते हैं। उनमें परम शक्तियाँ होती हैं और वे शरीर व मस्तिष्क की कार्यप्रणालियों की सीमा में बँधे नहीं होते। जब ये देवी-देवता मानव रूप धारण करते हैं, तब घास की एक पत्ती से लेकर पूरे महल तक की रचना कर सकते हैं। सौर ऊर्जा का प्रयोग करते हुए वे कुछ भी रच सकते हैं।

इस प्रकार चंद्रलोक इस पृथ्वी लोक को घेरे हुए है और इस लोक की कुछ अत्यंत महत्त्वपूर्ण गतिविधियों की लगाम उसी के हाथ में रहती है।

जब कोई मरता है, तब उसके लिए दो मार्ग खुलते हैं। पहले मार्ग से जाने पर वह परमात्मा में विलीन हो जाता है। दूसरे मार्ग से जाकर वह चंद्रलोक (स्वर्गलोक) में प्रवेश करता है और फिर पुनः पृथ्वी पर आता है।

आइए, अभी हम दूसरे मार्ग पर चर्चा करते हैं, जो आपको चंद्रलोक ले जाता है। कृष्ण कहते हैं, "जो मिथ्या विश्वास और अहंकार से रहित है, जिसने मोह से मुक्ति पा ली है, जो आध्यात्मिकता में दृढ है, वासना से मुक्त है और सुख-दुःख में जो समभाव से रहता है, वह परम-आत्मा को प्राप्त कर लेता है।"

अपना समय यह पूछताछ करने में व्यर्थ मत गँवा दो कि ईश्वर ने यह संसार बनाया ही क्यों और इसके साथ इतने दुःख-दर्द क्यों दिए, कृष्ण

अर्जुन को समझाते हैं। वे कहते हैं कि यह प्रश्न अज्ञान से उत्पन्न प्रश्न है और तुम्हारे मन की निम्नतर तरंग से उठ रहा होता है। जीवन के खेल के तीन नियम हैं, यदि तुम उन्हें समझने का प्रयत्न करोगे और उनके अनुसार चलोगे तो परम-आत्मा में विलीन हो जाओगे और फिर कभी पृथ्वीलोक में लौटकर नहीं आओगे। और यदि ऐसा नहीं करोगे तो चंद्रलोक जाने और पृथ्वीलोक को वापस आने के आवागमन में पड़े रहोगे।

खेल के नियम

इस खेल के सबसे अधिक महत्त्वपूर्ण नियम हैं—

1. जीवन का यह खेल हर एक को खेलना होता है—निरपवाद रूप से।
2. यदि आप यह खेल खेलेंगे तो इसमें निमग्न हो जाएँगे।
3. जो खेल तो खेलता है, किंतु उसमें आनेवाली परीक्षा से स्वयं को जोड़ नहीं लेता, उससे लिप्त नहीं होता, वह मानवीय परीक्षा में सफल हो जाता है।

तो आप जीवन के इस खेल को कैसे खेलें?

तीसरा नियम कहता है, ''जो खेल तो खेलता है, किंतु उसे निर्लिप्त भाव से खेलता है, वह खेल जीत लेता है।''

किंतु दूसरा नियम यह भी कहता है, ''यदि आप खेल खेलेंगे, तो उसमें निमग्न हो जाएँगे, लिप्त हो जाएँगे।''

तो ऐसा कैसे हो कि आप खेल भी खेलें और आप इसमें निमग्न भी न हों, इसमें लिप्त भी न हों?

पहला नियम कहता है, ''यह खेल हर एक को खेलना पड़ता है···निरपवाद रूप से। आप खेल को छोड़कर जा नहीं सकते।''

''प्रकृति में रमता हुआ पुरुष, प्रकृति से उत्पन्न गुणों को अनुभूत करता है। गर्भ में जन्म लेने का कारण—अच्छा हो या बुरा—इन्हीं गुणों में रमा पैदा होता है।

कृष्ण इस बात पर बारंबार बल देते हैं कि अज्ञानवश परिवर्तन के तीन गुणों में रमे रहने के कारण ही आप पृथ्वी पर पुनः लौटकर आते हैं। ये गुण विषयों के साथ और वस्तुओं के साथ हमारे जुड़ाव को, हमारी तादात्म्यता को बढ़ाते हैं और हमारे स्वर्ग जाने तथा पुनः वापस आने के आवागमन के चक्र के कारण बनते हैं।

जब आप अपने मन की तरंग को उच्चतर कर लेते हैं, तब आप इस त्रिगुणी माया के साथ तादात्म्यता करने से छूट जाते हैं और परमात्मा में रमने लगते हैं।

कृष्ण बताते हैं कि पृथ्वीलोक तथा चंद्रलोक में भी सारी गतिविधियाँ इन गुणों द्वारा चलाई जाती हैं। यह बात दिलचस्प है कि चंद्रलोक में भी देवी-देवता इन तीन गुणों से मुक्त नहीं हैं। उनमें कुछ उच्च शक्तियाँ तो अवश्य हैं, किंतु सभी देवता इन शक्तियों से आबद्ध रहते हैं।

एक महत्त्वपूर्ण सूत्र की तरह कृष्ण अर्जुन से फिर कहते हैं, ''इस लोक में या स्वर्गलोक में कोई भी व्यक्ति ऐसा नहीं है, जो इन तीन गुणों से मुक्त हो।''

जो इस जीवन के खेल को तो खेलते हैं, किंतु इन तीन गुणों से निर्लिप्त रहना सीख लेते हैं, वे परमात्मा में विलीन हो जाते हैं। शेष जन मृत्यु होने पर चंद्रलोक को जाते हैं और कुछ समय वहाँ व्यतीत करने के उपरांत पुनः पृथ्वी पर जन्म धारण करते हैं और इस प्रकार आवागमन के चक्र में फँसे रहते हैं।

स्वयं अपने बारे में वर्णन करते हुए कृष्ण अर्जुन को बताते हैं, ''देवताओं में मैं इंद्र हूँ, वेदों में मैं सामवेद हूँ और वश में करनेवालों में मैं यम हूँ।''

स्वर्ग के अधिपति देवता को इंद्र कहा जाता है। इंद्र किसी व्यक्ति का नाम नहीं है बल्कि स्वर्ग के प्रभारी पद का नाम है। आपको यह

जानकर आश्चर्य होगा कि स्वर्गलोक का स्वामी इंद्र भी विलासी और स्त्री–लोलुप होता है। देवतागण भी इंद्र पद पाने के पीछे लालायित रहते हैं और इसके लिए आपस में लड़ते रहते हैं। देवताओं की भी प्रोन्नति और अवनति की जाती है। आज स्वर्गलोक के स्वामी इंद्र के सिंहासन पर विराजमान देवता कल को पृथ्वी पर किसी शूद्र के पुत्र के रूप में जन्म ले सकता है। कृष्ण कहते हैं कि यह बिल्कुल संभव है। यह सब आपके कर्मों पर आधारित है। कर्म का अर्थ है, वे क्रियाकलाप जो आपके पिछले क्रियाकलापों को अकृत कर दें या निष्प्रभावी कर दें या बराबर कर दें। देवता भी मरते हैं, स्वर्गलोक में भी मृत्यु होती है।

इस प्रकार देवताओं में भी वे समस्त लालसाएँ भरी होती हैं जो मनुष्यों में रहती हैं और इसीलिए उन्हें भी जन्म और मृत्यु के चक्र में फँसे रहना पड़ता है। अंतर केवल इतना है कि शरीर और मन की सीमाओं में बँधे न होने के कारण वे उच्च स्तरीय खेल खेलते हैं। इस प्रकार चंद्रलोक, जिसे स्वर्गलोक भी कहते हैं, पृथ्वीलोक का एक परिष्कृत रूप ही है।

यह उल्लेखनीय कि चंद्रलोक में नए कर्म करने का अवसर नहीं मिलता है। कर्म का अर्थ है आपके वे क्रियाकलाप, जो आपके विगत क्रियाकलापों को अकृत या निष्प्रभावी या बराबर कर दें। यह केवल पृथ्वी पर जीने वाले जीवन में ही संभव है कि एक हत्यारा भी संत हो जाए। यही कारण है कि पृथ्वीलोक के जीवन का इतना महत्त्व है, और यही वह कारण भी है कि हम पृथ्वी पर लौटकर आते हैं। चंद्रलोक तो बस पृथ्वी पर किए गए कर्मों के फल का आनंद लेने के लिए है। **स्वर्ग में आप नए कर्म नहीं कर सकते।** वहाँ तो केवल आनंदोपभोग होता है। पूर्णता प्राप्त करने का अवसर तो बस पृथ्वी लोक पर ही उपलब्ध होता है। किसी भी अन्य लोक में आप पूर्णता प्राप्त करने का अवसर नहीं पा सकते। इसीलिए तो पृथ्वी पर जन्म लेना इतना महत्त्वपूर्ण और

मूल्यवान होता है। यही वह स्थान है, जहाँ आपको सबकुछ प्राप्त करने के अवसर उपलब्ध हैं।

पृथ्वी पर जन्मा मनुष्य तो देवताओं और देवदूतों से भी श्रेष्ठ है।

स्वर्ग के देवता पूर्णात्माएँ नहीं हैं। वे मनुष्यों से श्रेष्ठ केवल प्रतीत होते हैं, क्योंकि उनमें कुछ अलौकिक शक्तियाँ होती हैं ताकि वे पृथ्वी लोक की गतिविधियों को सुचारु रूप से चलाने के लिए अपने आबंटित व निर्धारित कार्य को कर सकें। स्वर्ग में पूर्णता प्राप्त नहीं की जा सकती। पूर्णता प्राप्त करने के लिए और पूर्णता प्राप्त करने के द्वारा चंद्रलोक से भी ऊपर जाने के लिए देवताओं और देवदूतों को भी मनुष्य जन्म लेना पड़ता है।

कृष्ण कहते हैं, ''देवताओं को पूजनेवाला देवलोक को जाता है, पितरों को पूजनेवाला पितृलोक को जाता है, भूत-प्रेत को पूजनेवाला भूतलोक को जाता है, किंतु मुझे पूजनेवाला मुझको प्राप्त होता है।''

'देवता' शब्द का तात्पर्य कृष्ण नहीं है। इसका तात्पर्य धन के देवता, स्वास्थ्य के देवता, प्रेम के देवता या ऐसे ही किसी देवता से हो सकता है। पृथ्वी पर जो मनुष्य धन के देवता, स्वास्थ्य के देवता, प्रेम के देवता, विघ्न हरण करनेवाले देवता आदि को पूजते हैं, वे चंद्रलोक तक ही जा पाते हैं। वे स्वर्ग को प्राप्त होते तो हैं, किंतु कुछ समय स्वर्ग में आनंदोपभोग करने के बाद उन्हें वापस पृथ्वी पर आना पड़ता है। यह उल्लेखनीय है कि स्वर्ग के देवता पृथ्वी की गतिविधियों को प्रभावित कर सकते हैं और आपकी किसी सांसारिक बाधा को दूर करने या किसी सांसारिक इच्छा को पूरा करने में आपकी सहायता कर सकते हैं। इस प्रकार धन का देवता धनसंपन्न बनने में आपकी सहायता कर सकता है, यदि आप समुचित ढंग से उस तक पहुँच बना लेते हैं। प्रेम का देवता आप पर अपने वरदान की वर्षा कर सकता है और आपको अच्छा जीवन साथी दिला सकता है, यदि आप समुचित ढंग से उस तक

पहुँच बना लेते हैं। स्वास्थ्य का देवता वे रोग भी ठीक कर सकता है, जिसे संसार का कोई डाक्टर ठीक न कर पा रहा हो, यदि आप समुचित ढंग से उस तक पहुँच बना लेते हैं।

ऐसे बहुत से लोग हैं, जो अचरज करते हैं कि स्वर्ग के ये देवता दुष्ट जनों की इच्छा-पूर्ति कैसे कर देते हैं। सच्चाई यह है कि स्वर्ग के देवता किसी व्यक्ति को वरदान देते समय उसके पिछले बुरे कामों पर ध्यान नहीं देते। धन का देवता अथवा कोई भी देवता बस आपकी इच्छा-पूर्ति कर देगा, बशर्ते आपने उस तक समुचित ढंग से पहुँच बना ली हो। व्यक्ति के बुरे कृत्यों का लेखा-जोखा कर्म के उच्चतर विधान द्वारा रखा जाता है। स्वर्ग के देवताओं का दायित्व उनकी उस भूमिका तक ही सीमित होता है, जो उन्हें दी गई होती है, जैसे कि राज्य के किसी मंत्री का दायित्व उसे दिए गए मंत्रालय तक ही सीमित रहता है। मंत्री आपकी प्रार्थना स्वीकार कर लेगा, बशर्ते आपने समुचित ढंग से उस तक पहुँच बना ली हो, यही देवता करते हैं।

वह समुचित ढंग क्या है? सही ढंग का वर्णन वेदों में दिया गया है। कृष्ण अर्जुन को वह बताते हुए कहते हैं, ''सभी जीवों का पालन अन्न से होता है, अन्न वर्षा से उत्पन्न होता है और वर्षा यज्ञ से होती है।''

किसी बालक का जन्म नर और नारी के समागम से होता है। वीर्य और डिंब के मिलन से भ्रूण बनता है। भ्रूण रक्त द्वारा पोषित होता है और रक्त अन्न द्वारा। अन्न की फसल वर्षा से फलती-फूलती है। भले ही आधुनिक तकनीक वर्षा पर निर्भर न करती हो और खाद्योत्पादन के लिए कुछ अन्य पद्धति अपनाती हो, किंतु यह तथ्य फिर भी सत्य है कि वर्षा पारिस्थितिकी-तंत्र (इको-सिस्टम) को संतुलित रखती है और हमारे शरीर की कार्यप्रणाली को अनेक प्रकार से प्रभावित करती है। वर्षा और प्रकृति के अन्य समस्त कार्यकलाप स्वर्ग के देवताओं द्वारा

ही नियंत्रित होते हैं। सूर्य देवता हैं, वर्षा के देवता हैं, अग्नि के देवता हैं, जल के देवता हैं, इत्यादि हमारे अनेक देवता हैं। पृथ्वीवासी मनुष्य उन देवताओं तक यज्ञ द्वारा संप्रेषण व संपर्क कर सकते हैं। इन यज्ञों का वर्णन वेदों में सविस्तार दिया गया है।

इस पृथ्वी के बहुत लोग हिंदुओं की हँसी उड़ाते हैं, क्योंकि वे मूर्ति-पूजा करते हैं। ऐसे लोग यह समझ ही नहीं पाते हैं कि हिंदू तो अपनी समस्या से जुड़े हुए स्वर्ग के देवता की पूजा करने का प्रयास कर रहे होते हैं। **मानव जाति की लाखों समस्याएँ हैं और उनसे निपटने के लिए हिंदुओं के लाखों देवी-देवता भी हैं।** भारत जैसे विशाल देश की कल्पना कीजिए। वहाँ एक राष्ट्रपति है, एक प्रधानमंत्री है और हर राज्य के लिए एक-एक मुख्यमंत्री है। फिर अलग-अलग विभागों को देखने के लिए अनेक अलग-अलग मंत्री हैं। इन मंत्रियों के अधीन हजारों सरकारी अधिकारी नियुक्त हैं। तो यदि आपको कोई काम किसी सरकारी अधिकारी से कराना है तो क्या आप समय निकालकर उसे खुश करने नहीं जाएँगे? उससे मिलने पर क्या आप ऐसे शब्द नहीं बोलेंगे, जिससे वह प्रसन्न हो जाए? ऐसा हम प्रत्येक दिन करते हैं और इसे अपने जीवन का एक अंश ही मानते हैं। तो फिर स्वर्ग के देवता के प्रतीक, उसकी मूर्ति की पूजा करने में गलत क्या है? दरअसल, विरोधकर्ताओं को मूर्ति में वह देवता नहीं दिखता है, इसलिए वे यह कह देते हैं कि हिंदू तो पत्थर को पूज रहे हैं। वे स्वर्गलोक के विधान को जानते-समझते ही नहीं हैं, तो गलत हिंदू नहीं हैं, बल्कि वे स्वयं हैं।

हिंदुओं द्वारा हजारों देवताओं की पूजा करना तो औचित्यपूर्ण है, किंतु जो बात वे समझ नहीं रहे हैं, वह यह है कि **स्वर्ग के देवता आपकी किसी सांसारिक कठिनाई को, विघ्न-बाधा को दूर करने के लिए और किसी सांसारिक इच्छा को पूरा करने के लिए तो आपकी सहायता कर सकते हैं, किंतु आपके पूर्ण बनने में वे**

आपकी कोई सहायता नहीं कर सकते। पूर्ण बनना एक बिल्कुल अलग बात है। आगे बढ़ते हुए हम इस पर और चर्चा करेंगे।

इस संदर्भ में कृष्ण अर्जुन को बताते हैं कि देवताओं को पूजनेवाले चंद्रलोक को जाते हैं, किंतु उन्हें पृथ्वी पर वापस आना पड़ता है, क्योंकि गुणातीत योग में वे परिपूर्ण नहीं हुए होते हैं।

इनके बाद वे मनुष्य आते हैं, जो अपने पितरों के मोह में रहते हैं। ऐसी आत्माएँ पितरलोक को प्राप्त होती हैं। पितरलोक चंद्रलोक का ही एक भाग है। देहावसान के बाद व्यक्ति वहाँ अपने दिवंगत माता-पिता अथवा अन्य किसी दिवंगत परिजन से मिल सकता है। वैसे पृथ्वी पर भी बहुत से मनोविज्ञानी हैं, जो चंद्रलोक में वास कर रहे आपके पितरों से संपर्क करने में आपकी सहायता कर सकते हैं। यह पूरी तरह संभव है। ऐसे कुशाग्र और सक्षम लोग काफी संख्या में इस पृथ्वी पर समय समय पर विद्यमान रहते हैं, जो आपका यह कार्य भली-भाँति संपन्न करा सकते हैं।

भिन्न-भिन्न भूतों को पूजनेवाले उन-उन भूतों को प्राप्त होते हैं। हम सभी जानते हैं कि इस भौतिक जीवन में ऐसे कुटिल लोग हैं, जिनका एकमात्र उद्देश्य ही दूसरों का लाभ उठाना होता है। मरने के बाद वे भूतलोक को प्राप्त होते हैं, जो कि पृथ्वी और चंद्रलोक के मध्य स्थित है, कृष्ण बताते हैं। कुछ समय वहाँ विराम तथा विश्राम के बाद उन्हें पृथ्वी पर पुनः वापस आना पड़ता है।

भ्रष्टों और दुष्टों की दृढतापूर्वक भर्त्सना करते हुए कृष्ण कहते हैं, "भ्रष्ट व दुष्ट वृत्ति एवं व्यवहारवाली कपटी आत्माओं को मैं आसुरी योनियों में डाल देता हूँ।"

आसुरी योनियों में बाघ आदि सिंह वंश तथा सर्प आदि सरीसृप वंश शामिल हैं और कुटिल व दुष्ट चरित्रवाली मनुष्य योनि भी। अतः जो लोग इंद्रिय-सुखों में ही रमे रहते हैं और ऐसा मानते व समझते हैं

कि इस तन और मन से प्राप्त होनेवाले विषय-सुख से बड़ा कोई अन्य सुख सारे संसार में है ही नहीं, वे परलोक में कुछ समय विराम तथा विश्राम के बाद पतित होकर इन्हीं आसुरी योनियों में जन्म लेते हैं।

यहाँ यह बात ध्यान देने योग्य है कि कृष्ण ने कहीं भी यह रहस्योद्घाटन नहीं किया है कि पृथ्वी पर वापस लौटने से पहले आत्मा को कम-से-कम कितने वर्ष चंद्रलोक में बिताने होंगे। हम पहले देख चुके हैं कि चंद्रलोक का एक वर्ष पृथ्वी के 360 वर्षों के बराबर होता है। इस प्रकार जब तक कोई चंद्रलोक में एक वर्ष व्यतीत करके पृथ्वी पर वापस आता है, तब तक पृथ्वी के 360 वर्ष निकल चुके होते हैं।

ऐसे दो प्रमाणिक एवं स्वीकृत ग्रंथ हैं, जो मृत्यु के बादवाले जीवन के बारे में सविस्तार चर्चा करते हैं और वे हैं गरुड़ पुराण और कपिलोपदेश।

कपिलोपदेश भगवद्गीता से भी अनेक वर्ष पहले कपिल मुनि द्वारा लिखा गया था और व्यापक रूप से विख्यात हो गया था। कृष्ण ने भी अर्जुन को कहा था, ''मुनियों में मैं सिद्ध मुनि कपिल हूँ।''

कपिल ने कहा है, ''यद्यपि यमलोक तक पहुँचने का मार्ग निन्यानवें योजन का है, किंतु इसे तीन मुहूर्तों में पूरा कर लिया जाता है।'' तीन मुहूर्त पृथ्वी के लगभग ढाई घंटे के बराबर होते हैं।

मरनेवाले मनुष्यों में पहला मनुष्य यम था, अत: वह मृत्यु का देवता बना। योजन दरअसल मील व किलोमीटर की तरह ही आकाशीय मार्ग को नापनेवाली एक इकाई होती है।

एक योजन लगभग आठ मील के बराबर होता है। अत:, कपिल के अनुसार शरीर को छोड़कर जानेवाली आत्मा को पृथ्वीलोक से चंद्रलोक के निकट स्थित यमलोक तक पहुँचने में ढाई घंटे का समय लगता है।

यद्यपि कपिलोपदेश के बाद दूसरा सर्वाधिक श्रद्धा प्राप्त ग्रंथ गरुड़

पुराण इस बारे में कपिल से भिन्न मत रखता है। गरुड़ पुराण ज्ञानी मनीषियों द्वारा भगवद्गीता के लोकप्रिय होने के कई वर्ष बाद लिखा गया था। गरुड़ पुराण के अनुसार, ''शरीर छोड़कर जानेवाली आत्मा को पृथ्वीलोक से यमलोक तक पहुँचने में छियासी हजार योजन पार करने पड़ते हैं और वह एक दिन में दो सौ सैंतालीस योजन की यात्रा करती है।''

तो यदि हम 86000 को 247 से भाग करें तो यह पृथ्वी के लगभग 348 दिन के बराबर बैठता है। इस तरह, चंद्रलोक के निकट स्थित यमलोक तक पहुँचने में दिवंगत आत्मा को यात्रा करने में कम-से-कम 348 दिन लगते हैं।

तो चंद्रलोक तक पहुँचने में लगनेवाले समय के बारे में और फिर पृथ्वी पर लौट कर आने से पहले चंद्रलोक में व्यतीत किए जानेवाले समय के बारे में रहस्य ही बना हुआ है।

''जो मुझे सर्वत्र देखता है और सबकुछ मुझमें देखता है, वह मुझे प्राप्त होता है,'' कृष्ण कहते हैं, ''मेरे भक्त सीधे मुझे पहुँचते हैं, वे वापस जाने के लिए चंद्रलोक नहीं जाते, वे परम धाम आते हैं।''

द्युतिलोक

''अग्नि, प्रकाश, दिन, शुक्ल पक्ष और उत्तरायणवाले छह मास के दौरान दिवंगत होनेवाला परमात्मा का ज्ञाता मुझे प्राप्त होता है और पुनः लौटकर नहीं आता।'' कृष्ण पुष्टि करते हैं।

द्युतिलोक वह लोक है, जो पृथ्वीलोक और चंद्रलोक से परे अवस्थित है। द्युतिलोक स्वर्गलोक को आवृत्त किए हुए है और यह उसे नियंत्रित भी करता है। द्युतिलोक की परिकल्पना अपने मन की अति उत्तुंग तरंग के रूप में कीजिए, जहाँ आप पृथ्वी और स्वर्ग से परे उस लोक में जा सकते हैं, जहाँ सृष्टि की रचना, पालना और विनाश की व्यवस्था होती है। सृष्टि-व्यवस्था की त्रिमूर्ति यहीं विद्यमान है। सृष्टि

के रचयिता ब्रह्मा, पालनकर्ता विष्णु और संहारकर्ता शिव यहीं वास करते हैं।

हमने पहले पढ़ा कि पृथ्वीलोक में बल भौतिक होता है और पदार्थ स्थूल, और चंद्रलोक में बल मानसिक होता है और पदार्थ सूक्ष्म। किंतु द्युतिलोक में तरंगें इतनी तीव्र होती हैं कि वहाँ बल और पदार्थ में भेद कर पाना संभव नहीं रहता। आप शायद ही बता पाएँ कि विद्युत् बल है या पदार्थ।

अग्नि, प्रकाश, दिवस, शुक्ल पक्ष और सूर्य के उत्तरायण रहने के छह मास—ये मृत्यु के वे अनुकूल कारक हैं, जो मुक्त आत्माओं को (वे गुणातीत आत्माएँ, जो तीनों गुणों से मुक्त हो गई हैं) चंद्रलोक से परे द्युतिलोक को ले जाते हैं।

''अपने मन को हृदयस्थ करके अपनी प्राणवायु को सिर में केंद्रित करके जो मनुष्य स्वयं को योग में स्थापित करके मुझमें आ मिलता है, निश्चय ही वह फिर कभी वापस नहीं जाता है।'' कृष्ण उद्घोषित करते हैं।

कृष्ण निश्चयपूर्वक बताते हैं कि तीनों गुणों से मुक्त होने के लिए आपको केवल दो कार्य करने की आवश्यकता है।

सर्वप्रथम आपको अपने मन को हृदयस्थ करने की आवश्यकता है। मन को हृदयस्थ करने का अर्थ क्या है? ऐसे केवल दो स्थान हैं, जहाँ मन शांत व स्थिर रहता है। वे हैं हृदय का केंद्र और भौंहों का केंद्र। अन्य सभी स्थानों पर मन चंचल व चलायमान रहता है, कृष्ण बताते हैं। आपका मन जब हृदय के केंद्र के आसन पर विराजमान रहने के लिए प्रशिक्षित हो जाता है, तब फिर वह चंचल व चलायमान नहीं रहता और न ही गुणों के साथ तादात्म्य करता है। अंतरतम में अवस्थित परमात्मा तब अपनी विशुद्ध दीप्ति से आलोकित होगी और स्वयं से निरंतर संपर्क बनाए रखने में आपकी सहायता करेगी। इसलिए प्रतिदिन

बस पाँच मिनट तक अपनी आँखें बंद करें और अपने मन को हृदय के आसन पर बैठे होने की कल्पना करें। इसे बड़े सरल व सहज रूप से करें। अभ्यास व लगन से आप इसमें पारंगत हो जाएँगे।

दूसरी बात जब आप अपने मन को हृदयस्थ बनाए रखने का अभ्यस्त बना लेंगे, तब आपको अपनी प्राणवायु को अपनी भौहों के मध्य केंद्रित करना सीखना होगा। इसका अर्थ क्या हुआ? प्राणवायु आपकी वह जीवनी-शक्ति है, जो आपके श्वास-नि:श्वास के अभ्यास द्वारा आप में सजगता पैदा करती है। प्राण स्वयं श्वास नहीं है, बल्कि श्वास का कारक है। यह श्वास क्रिया पहले फेफड़ों पर कार्य करती है, फेफड़े हृदय पर कार्य करते हैं, हृदय फिर रक्त संचार पर कार्य करता है और रक्त संचार मस्तिष्क पर कार्य करता है। फिर मस्तिष्क मन पर कार्य करता है, जो कि बाह्य जगत् के प्रति सजगता को पैदा करता है। अत: प्राण अत्यंत सूक्ष्म होता है, यह वह कारक है, जो कि सजगता का कारण बनता है। जब आप मन को हृदयस्थ कर देने के अभ्यस्त हो जाते हैं, तब आप प्राण की सक्रियता को अनुभव कर सकते हैं और अभ्यास करते-करते आप इसे भौंहों के मध्य केंद्रित करने में भी सक्षम हो सकते हैं।

अपने मन को हृदयस्थ कर देने और प्राणवायु को भौंहों के मध्य केंद्रित कर देने का लगातार प्रयास कोई कैसे करे? क्या ऐसा करना जटिल व कठिन है? क्या इसके लिए दस-दस घंटे ध्यान लगाने की आवश्यकता होगी? नहीं, कृष्ण अर्जुन को बताते हैं, ''जो योगी अनन्य भाव से निरंतर मेरा स्मरण करता है, मैं उसे सुलभ रहता हूँ।''

मन को हृदयस्थ रखना और प्राणवायु को भौहों के मध्य केंद्रित रखना तो एक प्रभाव है और उसका कारण है योग अर्थात् पार और परे पहुँचने का इष्टार्थ होना, दिव्य में विलय हो जाने का इष्टार्थ होना, गुणातीत हो जाने का इष्टार्थ होना। केवल इन इष्टार्थों पर अपना ध्यान

केंद्रित कीजिए, वांछित फल पाने के लिए और सम्यक् कर्म करने के लिए ये ही आपको प्रेरित करेंगे, आपका पथ-प्रदर्शन करेंगे। प्रत्येक व्यक्ति एक दिन बिना प्रयास के ही लक्ष्य को पा लेगा, कृष्ण मानो भविष्यवाणी कर रहे हैं। अपनी यात्रा का शुभारंभ आज से ही कर दीजिए और यदि आप यह यात्रा पहले ही आरंभ कर चुके हैं तो इस पर पूरी तरह दृढ रहते हुए थोड़ा-थोड़ा आगे बढ़ते रहिए।

इस प्रकार मुक्त-आत्माएँ अर्थात् तीनों गुणों से पार और परे पहुँच चुकी आत्माएँ द्युतिलोक को प्राप्त हो जाएँगी, जहाँ उन्हें अन्य पूर्णात्माएँ मिलेंगी, जो उन्हें द्युतिलोक से भी परे के उस लोक में ले जाएँगी, जहाँ ये आत्माएँ जन्म-मरण के चक्र से मुक्त होकर अनंत काल तक निवास करेंगी।

कृष्ण अर्जुन से कहते हैं, ''ब्रह्मलोक तथा उस तक के सारे लोकों को पाया भी जा सकता है व खोया भी जा सकता है, किंतु मुझे प्राप्त करने के उपरांत तुम्हें फिर कभी वापस नहीं लौटना पड़ेगा। केवल मैं ही काल द्वारा नष्ट न किया जा सकनेवाला अविनाशी हूँ और समस्त जीवों का काल हूँ।''

काल अर्थात् समय तो सृष्टि के जन्मदाता, पालनकर्ता और संहारकर्ता को भी नहीं छोड़ता। ब्रह्मा, विष्णु और शिव को भी मरना पड़ता है। जब प्रलय आती है, तब सबको समाप्त होना पड़ता है। प्रलय के विषय में हम आगे किसी अध्याय में चर्चा करेंगे, किंतु यहाँ यह समझ लेना पर्याप्त होगा कि **तीनों लोक, अर्थात् पृथ्वीलोक, चंद्रलोक और द्युतिलोक ये तीनों समय से बँधे हुए हैं।** ये तीनों लोक काल के गाल में समा जाते हैं। ब्रह्मा, विष्णु और शिव तीनों ही पूर्णात्माएँ हैं और त्रिगुणातीत हैं। तथापि उन पर सृष्टि की रचना करने, पालन करने और संहार करने का दायित्व होने के बावजूद वे समय में ससीम हैं और प्रलय होने पर विलुप्त हो जाते हैं।

जो लोग ब्रह्मा, विष्णु और शिव के प्रबल भक्त हैं, उनके लिए महत्त्वपूर्ण जानकारी—

प्रलय के समय होनेवाली ब्रह्मा, विष्णु और शिव की मृत्यु को सृष्टि के रचनाकर्ता, पालनकर्ता तथा संहारकर्ता की मृत्यु के रूप में लिया जाना चाहिए न कि स्वयं ब्रह्मा, विष्णु या शिव की मृत्यु के रूप में, क्योंकि ये तीनों देवता कृष्ण के क्रमशः नाभि, हृदय और मस्तक से प्रकट हुए हैं, अतः ये तीनों ही देवता पूर्णात्माएँ हैं। चूँकि प्रलय में सृष्टि का ही अस्तित्व समाप्त हो जाता है, अतः इन पूर्णात्माओं के रहने की आवश्यकता भी नहीं रह जाती है और इसीलिए इनका विलोप हो जाना भी आवश्यक हो जाता है।

तथापि इन पूर्णात्माओं को यह चयन करने का अधिकार उपलब्ध रहता है कि वे द्युतिलोक से परे किसी भी लोक में अनंत काल तक वास कर सकती हैं।

ब्रह्मलोक

वे मुक्त आत्माएँ जो ब्रह्मलीन हो जाना चाहती हैं, उन्हें मित्रवत् यमदूत अपने साथ यात्रा कराकर द्युतिलोक से परे स्थित ब्रह्मलोक को ले जाते हैं।

इन मुक्त आत्माओं को व्यापक शक्तियाँ प्राप्त होती है और बहुतों का कल्याण करने के लिए उन शक्तियों को प्रयोग करने का अधिकार भी उन्हें प्राप्त रहता है। किंतु संपूर्ण सृष्टि की रचना व संहार करना उनके शक्ति-क्षेत्र से बाहर ही रहता है।

स्वामी विवेकानंद के अनुसार, ''रचना के अलावा इस जीव (पूर्णात्मा) को सारी शक्तियाँ प्राप्त रहती हैं, इसीलिए यदि वह शरीर धारण करके संसार के किसी भी भाग में कार्य करना चाहे तो वह ऐसा कर सकता है। यदि वह स्वर्ग के सभी देवताओं को अपने समक्ष उपस्थित होने का आदेश दे, यदि वह अपने पूर्वजों को बुलाना चाहे तो

वे सब उसके आदेश पर आ उपस्थित होंगे। इसे इतनी अधिक शक्तियाँ प्राप्त हैं कि इसे कभी कोई दु:ख-दर्द नहीं होता, और यदि चाहे तो वह ब्रह्मलोक में अनंत काल तक वास कर सकता है। ब्रह्मलोक ही एकमात्र वह स्थान है, जहाँ मुत्यु नहीं होती, केवल वहीं न जन्म है और न ही मृत्यु है।''

ब्रह्मलोक का संबंध सृष्टि के रचयिता ब्रह्मा के साथ जोड़कर भ्रम में न पड़ें। ब्रह्मलोक द्युतिलोक से श्रेष्ठतर लोक है। पृथ्वीलोक, चंद्रलोक और द्युतिलोक, ये सभी लोक काल के वशीभूत हैं और अंतत: काल के गाल में समा जाते हैं। **तथापि ब्रह्मलोक ही ऐसा लोक है, जो तीनों लोकों के विनष्ट हो जाने पर भी नष्ट नहीं होता है।**

कृष्ण बताते हैं, ''हे अर्जुन, इन तीनों लोकों से भी परे एक और शाश्वत व अप्रकट लोक है, जो कि तब भी विनष्ट नहीं होता, जबकि सबकुछ नष्ट हो गया होता है।''

ब्रह्मलोक में न तो बल होता है और न ही पदार्थ, बल्कि ये दोनों ही मूल ऊर्जा में लीन हो जाते हैं। इस लोक में प्रत्येक आत्मा (जीव) संपूर्ण ब्रह्मांड को एक अविभक्त रूप में देखता है, संपूर्ण ऊर्जा के एक समुच्चय के रूप में वहाँ जीव अथवा हर पृथक् आत्मा पहली बार पुरुष (सर्वनिष्ठ व सर्वव्यापी आत्मा) की सघनता का अनुभव करती है। तथापि यह लोक भी पूर्ण नहीं है, क्योंकि यहाँ भी जीव का नानात्व बना रहता है। जीव अभी भी पुरुष के साथ एकाकार और अभिन्न नहीं हुआ होता है।

कृष्ण अर्जुन से कहते हैं, ''देवता और ज्ञानीजन भी मेरा उद्गम नहीं जानते, क्योंकि सभी प्रकार से इन देवताओं और ज्ञानियों का उद्गम मैं ही तो हूँ।''

कृष्ण यह बताते हुए कि सृष्टि की रचना करनेवाले और संहार करनेवाले देवता ब्रह्मा और शिव भी परम-आत्मा को पूरी तरह नहीं

जानते, यह संकेत देते हैं कि इनको अस्तित्व में लानेवाले भी तो कृष्ण ही हैं।

यह बात उल्लेखनीय है और रुचिकर भी कि इस पृथ्वी के किसी भी कोने में बैठा हुआ कोई भी मनुष्य सौर्य प्रणालियों के साथ संपर्क साध सकता है और इनसे परे चंद्रलोक में जा सकता है। मनुष्य देवताओं से भी संपर्क साध सकता है जैसे कि सृष्टि के रचनाकर्ता देवता ब्रह्मा के साथ या संहारकर्ता देवता शिव के साथ। यह सब संभव है बशर्ते कि आप अपने मन की तरंग को उत्तुंग कर लें, कृष्ण कहते हैं।

ब्रह्मलोक से परे स्थित परमधाम (पुरुष का लोक) और जीव कैसे पुरुष में एकाकार और लीन हो जाता है—इस पर विचार कृष्ण बताते हैं, ''मेरा वह परम धाम न तो सूर्य या चंद्रमा से प्रकाशित होता है और न ही अग्नि या बिजली से। जो लोग वहाँ पहुँच जाते हैं फिर वे इस भौतिक जगत् में लौटकर नहीं आते।''

ब्रह्मलोक तक के चार समानांतर लोक अनुभवगम्य और अभिव्यक्त हो सकते हैं किंतु ब्रह्मलोक से आगे पुरुष न अभिव्यक्त हो सकता है और न ही अनुभवगम्य। ऐसा क्यों है ? **समस्त अनुभवगम्यता और अभिव्यक्ति केवल तब तक होती है, जब तक कि द्वैतता रहती है।** ब्रह्मलोक पहुँचने के उपरांत पूर्णात्मा समस्त पृथ्वीलोक, चंद्रलोक और द्युतिलोक को परम ऊर्जा में समाहित होता हुआ देखता व अनुभव करता है। तथापि स्वयं पूर्णात्मा के लिए नानात्व तब भी विद्यमान रहता है, क्योंकि वह स्वयं पुरुष में समाहित नहीं हुई होती है। जब यह पुरुष में समाहित हो जाती है, अभिन्न हो जाती है तभी उसकी अलग पहचान का अवसान हो पाता है। फिर वह वापस नहीं जाती। फिर उसमें अनुभवगम्यता और अभिव्यक्ति की क्षमता नहीं रह जाती, क्योंकि वह परम के साथ एकाकार और अभिन्न हो चुकी होती है।

इस ब्रह्मांड का केवल एक ही नियंता है और वह है ईश्वर। कोई

और ईश्वर हो ही नहीं सकता। कृष्ण कहते हैं, ''हे अर्जुन, चारों लोकों (पृथ्वीलोक, चंद्रलोक, द्युतिलोक और ब्रह्मलोक) का स्वामी मैं ही हूँ। जो मुझे अनादि और अनंत के रूप में जानता है, वह मुझे पूरी तरह जानता है और मुझे प्राप्त कर लेता है।''

तो मुक्त-आत्माओं को यह चुनने का अधिकार प्राप्त है कि वे चाहें तो अनंत काल तक ब्रह्मलोक में वास करती रहें अथवा चाहें तो परमात्मा में विलीन हो जाएँ और फिर कभी वापस न आएँ, क्योंकि फिर इसकी आवश्यकता ही नहीं रह जाती, खेल खत्म हो चुका होता है, मंजिल पा ली गई होती है।

कृष्ण कहते हैं, **''इच्छाओं द्वारा मति हर लिये जाने के कारण मनुष्य अपनी जन्मजात प्रवृत्ति के वशीभूत होकर अन्य देवी-देवताओं की पूजा करने में लगा रहता है और तरह-तरह के कर्मकांडों का अनुसरण करने में लगा रहता है।''**

''हे अर्जुन, अनेक जन्म धारण करने के बाद यह जान लेने पर कि कृष्ण ही सर्वस्व हैं, सर्वेश हैं, कोई भी आत्मा पूर्णात्मा बन जाती है। किंतु हे अर्जुन, ऐसी आत्मा कोई बिरले ही होती है।''

कृष्ण के कथन का अर्थ है कि प्रकृति के तीनों गुण आपको एक विशेष दिशा में सोचने और कार्य करने के लिए उकसाते हैं और इस प्रकार आपको कर्म के बंधन में बाँध देते हैं। कृष्ण बताते हैं कि हम अज्ञानवश ऐसा करते हैं, क्योंकि हम आध्यात्मिक जगत् के विधानों से अनभिज्ञ हैं। यह अज्ञान ही हमें मृत्यु के उपरांत के जीवन के बारे में कुछ तथ्यों पर और कुछ सिद्धांतों पर विश्वास या अविश्वास करनेवाला बना देता है। तथापि कृष्ण इस पर निरंतर बल देते हैं कि यदि आप गुणातीत योग पर चलें और अपने मन की तरंग को उत्तुंग रखने की साधना कर लें, तो आध्यात्मिक जगत् के सारे-के-सारे विधान आपके समक्ष प्रकट हो जाएँगे।

चारों समानांतर लोक उन सभी धन्य आत्माओं के समक्ष प्रकट हो जाते हैं, जो स्वयं को निष्ठापूर्वक योग साधना में लगा देती हैं और अपने मन की तरंग को उत्तुंग करने के लिए लगनशील रहती हैं।

जब आपका मन तरंग के निम्न स्तर पर रहता है, तब आप पृथ्वीलोक को ही अनुभूत कर पाते हैं। जब आप इसे अगले उच्चतर स्तर तक उठा लेते हैं, तब आप पृथ्वीलोक से परे चंद्रलोक तक पहुँच जाते हैं और स्वर्ग के देवताओं से संपर्क साध सकते हैं। यदि आप इस ऊपर उठने पर दृढतापूर्वक रहते हुए थोड़ा और आगे बढ़ते हैं तो आपकी पहुँच द्युतिलोक तक हो जाती है, और यदि आगे व ऊपर उठने की आपकी यह दृढता जारी रहती है, तो आप ब्रह्मलोक को पा लेते हैं। हर एक आत्मा द्वारा ये चारों लोक एक के बाद एक करके अनुभूत किए जा सकते हैं। ये चारों लोक समानांतर रूप से अवस्थित हैं और किसी भी ऐसे व्यक्ति द्वारा इन तक पहुँचा जा सकता है, जो योग साधना में रत रहता है, कृष्ण कहते हैं। **ज्ञानीजन जिसे अज्ञान कहते हैं, वह और कुछ नहीं केवल इन चारों लोकों के बारे में हमारी अनभिज्ञता ही है।** इन चारों लोकों का ज्ञान मनुष्य को अपने कर्मों को परिष्कृत करने और पूर्णता के लोक अर्थात् ब्रह्मलोक को पाने में सहायता करता है।

बुद्ध, ईसा, मुहम्मद, गुरु नानक, रामकृष्ण, रमण महर्षि, विवेकानंद, योगानंद और अन्य महान् आत्माएँ इन चारों समानांतर लोकों से पूरी तरह अवगत थे। अपने अनुयायियों को यह सब प्रकट करना या इस विषय में उनके साथ चर्चा करना शायद उन्होंने न चाहा हो, किंतु यदि आप उनके समस्त कार्यकलापों और व्यक्तित्व को देखें तो आप पाएँगे कि वे अपनी शारीरिक लालसाओं और मानसिक इच्छाओं के कभी अनुरक्त नहीं रहे। विभिन्न ग्रंथों और पवित्र पुस्तकों में बारंबार प्रयुक्त होनेवाले शब्द अध्यात्म व आध्यात्मिकता का केवल अर्थ है—वह क्षमता और विशिष्टता जो किसी को ब्रह्मलोक अर्थात् पूर्णता के

लोक तक पहुँचा दे। भिन्न-भिन्न लोकों का बारंबार रहस्योद्घाटन करते रहने की तुलना में ईश्वर के पास इससे भी अधिक महत्त्वपूर्ण करने के लिए बहुत कुछ होता है। कृष्ण ने यह एक बार प्रकट कर दिया और यह काफी है। उनके बताए मार्ग पर चलनेवाली महान् आत्माएँ, इन दिव्य विशिष्टताओं और विशुद्ध व निर्मल गुणों के साथ सीधा-सरल जीवन व्यतीत करती रहीं और आनेवाली अनेक शताब्दियों के लिए आदर्श बनी रहीं।

''**जिसमें विश्वास नहीं है वह देखकर भी विश्वास नहीं करता।**'' कृष्ण अर्जुन को बताते हैं। यह उल्लेखनीय है कि कृष्ण या विश्व के किसी भी ज्ञान-प्राप्त व्यक्ति ने ग्रंथों की हर बात को तर्कों द्वारा बहुत विस्तार से व्याख्या देकर समझाने में कभी अपना समय नहीं लगाया। हर व्यक्ति में कार्य कर रही त्रिगुणात्मक शक्ति से उत्पन्न हुए मानवीय दोषों व दुर्बलताओं से वे लोग अच्छी तरह अवगत थे। इसीलिए उन्होंने अपनी बात सीधे-सीधे बोली और संसार ने सुनी।

कृष्ण कहते हैं, ''अगला जन्म लेनेवाला जीव जब नया शरीर धारण करता है, तब अपने साथ अपने पिछले संस्कार और आशयों को भी उसी प्रकार ले जाता है, जैसे वायु उस स्थान की सुगंध अपने साथ लिये जाती है, जहाँ वह ठहरी हुई थी।''

आपको यह बात अच्छी तरह समझ लेनी चाहिये। आप परिपूर्ण हैं। आप पूर्ण समर्थ हैं। आप कभी विनष्ट नहीं हो सकते। वह जो पूर्ण नहीं है, वह जो समर्थ नहीं है, वह जो विनष्ट किया जा सकता है, वह आप नहीं हैं। वह तो त्रिगुणी प्रकृति है। प्रकृति के ये तीन गुण आपको अपने इच्छित अनुभवों को प्राप्त करने हेतु नया शरीर धारण करने के लिए उकसाते हैं। **अपनी तरंग को उत्तुंग करने के लिए और प्रकृति के इन गुणों से स्वयं को विरत करने के लिए अपने मन को प्रशिक्षित व अभ्यस्त कर लीजिए, और फिर कभी आपको कोई**

नया शरीर धारण करने की आवश्यकता महसूस नहीं होगी।

''ऐसा कभी कोई समय नहीं रहा है, जब कि तुम न रहे हो या मैं न रहा होऊँ,'' कृष्ण बताते हैं, ''बस तुम जानते नहीं, किंतु मैं वह सब जानता हूँ।''

कृष्ण न तो उनका शोक करते हैं, जो जीवित हैं और न ही उनका जो जीवित नहीं रहे। वे कहते हैं कि तुम पहले भी असंख्य बार मानव रूप में जन्म ले चुके हो और इसी प्रकार भविष्य में भी तब तक लेते रहोगे, जब तक कि प्रकृति की त्रिगुणी शक्ति से पार और परे नहीं चले जाते।

कृष्ण समझाते हैं, ''यहाँ शोक करने के लिए कुछ नहीं है। अब से पहले भी लाखों बार तुम्हारा विवाह हो चुका है। अब से पहले भी तुम्हारे लाखों पिता, माता, भाई, बहन, पुत्र, पुत्रियाँ हो चुके हैं। अब से पहले भी तुम लाखों बार मर चुके हो। तो फिर शोक करने के लिए यहाँ क्या है?''

यद्यपि हमने देखा है कि पिछले जीवन की स्मृति हमें अनिवार्य रूप से नहीं आती है, किंतु यह भी देखा गया है कि कुछ ऐसे उदाहरण भी हैं, जो दरशाते हैं कि पिछले जीवन की स्मृति आती है, और यह भी कि हम में से प्रत्येक को यह स्मृति उस जीवन में आ ही जाएगी, जिसमें वह मुक्त होगा। केवल तभी आप देखेंगे कि यह संसार तो एक सपना है; तभी आपको अपनी आत्मा में यह बोध होगा कि यह संसार तो एक रंगमंच है और हम इस पर अपनी-अपनी भूमिका निभाते हुए अभिनेता मात्र हैं। केवल तभी अनासक्ति की धारणा आप में बिजली की तरह कौंधेगी।

फिर भोग की लालसा, संसार व जीवन के प्रति मोह सदा-सर्वदा के लिए तिरोहित हो जाएँगे। मन यह बात दिन के

प्रकाश की तरह स्पष्ट देख पाएगा कि लाखों बार यह दृश्यावली आपके सामने से गुजर चुकी है, लाखों बार आपके पिता और माता, पुत्र और पुत्रियाँ, पति और पत्नियाँ, संबंधी और मित्र हुए, धन-संपत्ति और पद-प्रतिष्ठा हुए। वे आए भी और गए भी। कितनी ही बार आप जीवन की लहर के शिखर पर रहे हैं और कितनी ही बार दुःख व हताशा के गर्त में जब स्मृति आपको यह सब दिखा देगी केवल तभी आप एक धीरोदात्त नायक की भाँति मुसकराते खड़े रहेंगे, तब भी जब कि संसार आप पर अपनी भृकुटि टेढ़ी कर रहा हो। केवल तभी आप अविचल खड़े रह कर कह सकेंगे, ''ओ मृत्यु, मैं तुम्हारी परवाह नहीं करता। तुम्हारे पास मेरे लिए कौन सा भय है?''यह अवस्था सभी को प्राप्त होगी।

—स्वामी विवेकानंद

पुनर्जन्म या पुनर्जीवन तो एक विधान है, विश्वास नहीं

इस बात से कोई अंतर नहीं पड़ता कि आप इसमें विश्वास करते हैं या नहीं, यह तो है। मानव अपनी इंद्रियों और बुद्धि से इसे वैसे ही परखना चाहता है, जैसे वह दीवार को छूकर, भोजन को चखकर और किसी डाटा को एक कंप्यूटर से दूसरे कंप्यूटर में स्थानांतरित करके देखता-परखता है। किंतु इंद्रियों द्वारा या बुद्धि द्वारा इन उच्चतर सत्यों को देखा-परखा या अनुभूत नहीं किया सकता। केवल अपने मन की तरंग को उत्तुंग अवस्था तक पहुँचाकर ही कोई इन उच्चतर सत्यों का बोध कर सकता है, इन्हें समझ सकता है।

''मोहग्रस्त और भ्रमित व्यक्ति स्वयं को इन तीन गुणों की ओर जाता हुआ, उनमें ठहरा हुआ और उनसे बँधा हुआ देख नहीं पाता है। ज्ञानी यह सब देख लेता है।'' कृष्ण बताते हैं।

''देहांत होने पर आत्मा इस देह को छोड़कर सूक्ष्म रूप में अपने

संचित संस्कारों व आशयों को साथ लेकर चंद्रलोक को प्रस्थान करती है। कुछ काल बाद वह पृथ्वी पर लौटती है और नए शरीर में प्रवेश करती है। मोहग्रस्त व भ्रमित मन इन गतिविधियों को नहीं देख पाता है, किंतु ज्ञानी यह सब देख लेता है'' कृष्ण बताते हैं।

जब हम अपना जीवन जी रहे होते हैं, तब हम अपने शरीर में चली जा रही त्रिगुणी शक्ति की लीला को देख नहीं पाते हैं, यह वही लीला है, जो हमसे किसी खास तरह से सोचवाती है और खास तरह से कार्य करवाती है। जिसे हम किसी व्यक्ति का व्यक्तित्व या उसकी विशिष्टता कहते हैं, वह वास्तव में उसका इस त्रिगुणी शक्ति के रंग में रंगा होना होता है।

''अभी तक आप भले ही एक दुर्वासा जैसे क्रुद्ध और उग्र स्वभाव के व्यक्ति रहे हों, किंतु यदि आप अपने क्रोध के कारक को पहचान लें और यह भी समझ लें कि इस क्रोध के कारक आप नहीं हैं, तो इसी पल से आप अपना स्वभाव बदल सकते हैं और एक संतुलित व शांत स्वभाववाले बन सकते हैं,'' कृष्ण कहते हैं और पुष्टि करते हैं, ''फिर क्रोध आप पर हावी नहीं रहेगा। यह बिल्कुल संभव है।''

भले ही आप अपने क्रोधित हो उठने के हजारों कारण गिनवा दें या ऐसे विध्वंसक विचारों से स्वयं को दूर रखने के लिए कितनी भी तरकीबों का अभ्यास करते रहें, किंतु क्रोध का जो कारक आपके अंदर अपनी जड़ें जमाए बैठा है और सक्रिय रहता है, वह बाहर फूट पड़ने का कोई-न-कोई मार्ग हमेशा ढूँढ़ ही लेता है। किंतु यदि आप क्रोध के कारक को पहचान जाते हैं और उससे पार व परे पहुँच जाते हैं तो वह तत्काल तिरोहित हो जाता है।

किसी ऐसी समस्या से उबरने के लिए जिसका कि आप सामना कर रहे हैं अथवा किसी ऐसी कठिनाई से निकलने के लिए जिससे आप घिर गए हैं, थोड़ा समय अपने भीतर सक्रिय त्रिगुणी शक्ति के उस गुण

को पहचानने का प्रयास कीजिए, जो इन सबका कारण व कारक बना हुआ है और अपने मन की तरंग के स्तर को उत्तुंग करते हुए उस कारक से स्वयं को विरत करने का अभ्यास कीजिए।

"उसे शस्त्र नहीं काट सकते, जल उसे भिगो नहीं सकता, वायु उसे सुखा नहीं सकती, और अग्नि उसे जला नहीं सकती। अत: हे अर्जुन, जो मर गए हैं उनके लिए शोक मत करो। मैंने तुम्हें जो दो मार्ग बताए हैं, एक वह जिससे होकर आत्मा चंद्रलोक को जाती है, किंतु पुन: पृथ्वी पर लौटकर आती है, और दूसरा वह जिससे होकर आत्मा मुझमें समाहित हो जाती है और फिर कभी लौटकर नहीं आती, ये दोनों ही मार्ग शाश्वत हैं। अत: मरनेवालों के लिए तुम शोक न करो और हमेशा गुणातीत योग की साधना में लगे रहो।"

यहाँ पर अर्जुन एक महत्त्वपूर्ण प्रश्न उठाता है, "हे कृष्ण, जिन लोगों ने आप में पूरा विश्वास रखते हुए नेक और धर्मपरायण जीवन व्यतीत किया हो, किंतु अपने इस जीवन में गुणातीत योग साधना में वे विफल रहे हों, उनका क्या होता है? क्या उनके सारे अच्छे कर्म ऐसे ही व्यर्थ चले जाते हैं, जैसे ग्रीष्म ऋतु के छितराए बादल?"

प्रत्युत्तर में कृष्ण कहते हैं, "अच्छे कर्म करने वाले को कभी दु:ख नहीं मिलता, न तो इस लोक में और न परलोक में। हे अर्जुन, पुण्यवान चंद्रलोक में एक लंबे विश्राम का समय व्यतीत करने के उपरांत किसी पुण्यात्मा तथा समृद्ध गृहस्थ के घर में या विशेष मामलों में किसी प्रबुद्ध योगी के घर में जन्म लेने के लिए लौटता है।"

यह समझ लेना महत्त्वपूर्ण है कि अच्छे कर्मों के प्रभाव कभी मिटते नहीं हैं, ठीक वैसे ही जैसे अज्ञानजनित कर्मों के प्रभाव कभी नहीं मिटते। कृष्ण पाप को नहीं मानते। वह तो केवल आध्यात्मिक विधानों की अज्ञानता से उपजी त्रुटियों को मानते हैं। कृष्ण कहते हैं कि जो आत्मा भावातीत व गुणातीत होने में पूर्ण नहीं हुई होती है वह

चंद्रलोक को जाती है, वहाँ कुछ अच्छा समय व्यतीत करती है और फिर पुनः किसी समृद्ध और पुण्यात्मा गृहस्थ के घर में जन्म लेती है। कुछ सौभाग्यशाली मामलों में वह किसी प्रबुद्ध योगी के घर में भी जन्म लेती है। प्रबुद्ध योगी वह होता है, जिसने गुणातीत योग में दक्षता प्राप्त कर ली हो। यह प्रबुद्ध योगी धनी हो या निर्धन, इससे कोई अंतर नहीं पड़ता। प्रबुद्ध योगी गुणातीतता के योग का सम्मान करता है, उसका अभ्यास करता है, और यही बात नवजात आत्मा को समुचित परिवेश उपलब्ध कराती है।

अपनी बात जारी रखते हुए कृष्ण कहते हैं, ''वहाँ वह अपने विगत शरीरों के विचारों की स्मृति को प्राप्त करता है और पूर्णता पाने के लिए कठिन परिश्रम करता है। भले ही वह दक्षता प्राप्त न कर पाए, किंतु वह अपने पूर्व अनुशासन की ओर आकृष्ट होता है और आगे बढ़ता है। इस प्रकार संपूर्ण समर्पण के साथ आगे बढ़ते हुए अनेक जन्मों में योग-अभ्यास करता हुआ वह अंततोगत्वा परम-आत्मा में विलीन होकर पूर्णता को प्राप्त हो जाता है।''

जब अन्य साधारण और विगत प्रभाव आपसे छूट जाते हैं, तब पूर्व जीवन के योग संबंधी प्रभाव सतह पर आ जाते हैं। ''योग के पथ पर किया गया आपका कोई भी प्रयास व्यर्थ नहीं जाता है,'' कृष्ण बताते हैं। इस दिशा में किया गया कोई भी विचार, कोई भी कर्म और कोई भी गति सदा अक्षुण्ण रहती है और समीचीन समय पर आपके मन में प्रकट हो जाती है, अपने विगत जीवन में आपके द्वारा योग के प्रति किए गए धीरोदात्त प्रयासों को आपको स्मरण कराते हुए। परमात्मा की ओर जानेवाला मार्ग केवल आगे की ओर ही जाता है, उसमें पीछे लौटना होता ही नहीं ''एक कदम भी पीछे नहीं,'' कृष्ण कहते हैं, ''आगे बढ़ो और योग की साधना करो,'' वे बलपूर्वक कहते हैं।

''**योगी अति संयम व अति अनुशासन का पालन करनेवाले**

से भी श्रेष्ठ होता है, वेद के ज्ञाता से भी श्रेष्ठ होता है और उनसे भी श्रेष्ठ जो कि कार्यकुशल हैं। अतः हे अर्जुन, मरे हुए के लिए शोक मत करो। उसे मैं सबसे निष्ठावान् मानता हूँ, जो अखंड विश्वास के साथ मेरी पूजा करता है, उसका अंतरतम पूरी तरह योग में निमग्न होता है।''

''जो गुणातीत योग में निपुण है, वह मुझे प्रिय है,'' कृष्ण बताते हैं, ''ऐसा व्यक्ति पृथ्वी के सभी प्राणियों में श्रेष्ठ है, वह उस व्यक्ति से भी श्रेष्ठ है, जिसे ईश्वर का पूर्ण ज्ञान है, वह उससे भी श्रेष्ठ है, जिसके कर्म निर्दोष हैं। ऐसी एकनिष्ठ आत्मा तीनों लोकों पर राज्य करती है। अतः हे अर्जुन, स्वयं को सदैव गुणातीत योग में निमग्न रखो।''

''मुझे न तो वेदों द्वारा पाया जा सकता है, न कठोर तप अथवा त्याग द्वारा और न ही कुछ उपहार भेंट करके मुझे पाया जा सकता है।''

''हे अर्जुन, पूर्णतया मुझे समर्पित और निरंतर मेरे ही ध्यान में लीन योगी को मैं सदैव सुलभ रहता हूँ।''

''जो व्यक्ति भ्रम से रहित है, मोह-जाल से मुक्त है, आध्यात्मिकता में दृढ है, वासना से विरत है और जो सुख और दुःख के द्वैत से स्वाधीन है, ऐसा व्यक्ति मुझे पा सकता है, क्योंकि यही मेरा स्वभाव भी है।''

कृष्ण के ये अंतिम तीन कथन भगवद्गीता के सार स्वरूप हैं। कृष्ण स्पष्ट कहते हैं कि हिमालय की किसी कंदरा में पद्मासन लगाकर वर्षों तक ध्यानमग्न बैठकर आप उन्हें नहीं पा सकते। स्वर्ग के देवताओं को प्रसन्न करनेवाले समस्त वैदिक यज्ञादि कर्म करके भी उन्हें नहीं पाया जा सकता है। और न ही दानादि भेंट करके आप उन्हें पा सकते हैं।

यदि आप कृष्ण तक पहुँचना चाहते हैं, तो आपको चार बातों का ध्यान रखना होगा।

1. आपको **मोहग्रस्तता से मुक्त** होना सीखना होगा।

यद्यपि इस विषय पर हम आगे एक अलग अध्याय में चर्चा करेंगे, तथापि यहाँ इतना उल्लेख करना उपयुक्त रहेगा कि कृष्ण के अनुसार कोई संबंध होने, उसे बनाने और उसे चलाते रहने में कोई बुराई नहीं है, किंतु हमें यह याद रखना होगा कि प्रत्येक संबंध मोहग्रस्तता का दोष अपने साथ लेकर चलता है। मोहग्रस्तता के दोष से अभिप्राय उस कारक से है, जो संबंध में एक को दूसरे से बाँध देता है, एक पिता को उसके पुत्र से, एक माता को उसके बालक से, एक पति को उसकी पत्नी से। यह कारक आपके अंदर सक्रिय रहता है और आपको किसी खास तरह से सोचवाता और आपसे खास तरह से क्रियाएँ कराता है, और इस प्रकार आपको पृथ्वीलोक और चंद्रलोक के सीमित दायरे में, आवागमन में बाँध देता है। अतः कृष्ण कहते हैं कि यदि आपको चंद्रलोक से आगे जाना है, तो इस कारक को देखना और इस पर जीत हासिल कर लेना आवश्यक है।

2. आपको **आध्यात्मिक विधानों का सुविज्ञ** होना होगा, चारों समानांतर लोकों को याद रखना होगा और चंद्रलोक से पार जाने के लिए अपने दैनिक जीवन के कार्यकलापों को इन विधानों के अनुसार चलाने के लिए सदैव भरसक प्रयास करते रहना होगा।
3. आपको वासना से मुक्त होना होगा। हम एक अलग अध्याय में आगे इस पर चर्चा करेंगे।

कृष्ण वासना को पाप नहीं मानते। वह इसे एक ऐसा अज्ञान कहते हैं, जो आपके मन की निम्न तरंग से पैदा हुआ होता है। कृष्ण सीधे-सीधे कहते हैं कि यदि अब से पहले असंख्य बार आप वासनाग्रस्त हो चुके हैं तो भी चिंता न करें, कोई बात नहीं, बस अब आप अपने मन की तरंग को उत्तुंग कर लें तो वासना का कारक तिरोहित हो जाएगा।

4. आपको हर समय **अपने मन को हृदयस्थ रखने** अथवा भौंहों के मध्य केंद्रित रखने का अभ्यस्त होना होगा। ऐसा कर लेने में सफल हो जाने के बाद आपका मन इधर-उधर नहीं भटकेगा और अविरत रूप से कृष्ण के संसर्ग में रहेगा।

ये चार विशेष बातें गुणातीत योग का स्वरूप हैं और ये आपको कृष्ण तक पहुँचने में सहायक रहेंगी।

कृष्ण जो बात कहना चाह रहे हैं, वह यह है कि दूसरों को दान आदि देना, पद्मासन में बैठकर ध्यान लगाना, यज्ञ, त्याग-बलिदान आदि करना और इस प्रकार के अन्य कार्यकलाप करना, ये आपके मन को परिशुद्ध करने में और गुणातीत योग के लिए आपको सुयोग्य बनाने में तो सहायक रहेंगे, किंतु ये स्वयं में आपको कृष्ण तक पहुँचाने की क्षमता नहीं रखते। जो उपर्युक्त चार बातों को अपने में विकसित कर लेता है और परिपूर्णता प्राप्ति के भगीरथ प्रयास करता है, केवल वही कृष्ण तक पहुँच सकता है, कोई अन्य नहीं। ध्यान, दान, त्याग-बलिदान, यज्ञ तथा इस प्रकार की अन्य गतिविधियाँ केवल योग के पथ पर चलने के लिए तो प्रेरणा का स्रोत सिद्ध हो सकती हैं, किंतु ये स्वयं में योग नहीं हैं। ध्यान लगाना अच्छा है, दान देना अच्छा है, किंतु ये कार्य आपको पूर्णता के लोक तक नहीं पहुँचा पाते हैं। ये आपको आगे बढ़ने के लिए केवल प्रेरित करते हैं। पूर्णता के लोक में तभी पहुँचा जा सकता है, जब कोई उपर्युक्त चार बातों को स्वयं में आत्मसात् कर लेता है।

पृथ्वीलोक में आपको ऐसे बहुत से सिद्धि-प्राप्त लोग मिल जाएँगे, जो आपके चेहरे को देखकर पल भर में ही आपका अतीत बता सकते हैं और भविष्य भी। कुछ ऐसे लोग भी हैं, जो स्पर्श मात्र से किसी को चंगा कर सकते हैं, जो हवा में से कुछ भी पैदा कर सकते हैं, जो इच्छानुसार अदृश्य हो सकते हैं, जो आपकी मृत्यु के ठीक-ठीक समय

की भविष्यवाणी कर सकते हैं, जो पानी पर चल सकते हैं। सामान्य जन को ये चीजें अलौकिक चमत्कार लगती हैं और इसीलिए वे ऐसे लोगों को भगवान् मानकर उन्हें पूजने और उनसे पूछने के लिए दौड़ पड़ते हैं। किंतु यदि आप ध्यान से देखें तो आप पाएँगे कि उनमें से अधिकांश लोग न तो गुणातीत योग की साधना करते हैं और न ही उनमें उपर्युक्त चार विशिष्टताएँ होती हैं। तथाकथित अलौकिक शक्तिवाले इन लोगों ने अनेक जन्मों की साधना व अभ्यास द्वारा बस कुछ ऐसे कौशल हथिया लिये होते हैं, जो सामान्य जन की पहुँच से बाहर होते हैं। किंतु यदि आप किसी भी महान्-आत्मा को लें और ध्यानपूर्वक देखें तो आप उन सब में एक चीज समान रूप से पाएँगे, उन्होंने उक्त चार विशिष्टताओं में प्रवीणता प्राप्त की होती है।

यह सत्य हो सकता है कि कुछ महान्-आत्माओं के स्पर्श मात्र से कोई रोगी चंगा हो गया हो या उन्होंने कोई अन्य अलौकिक कार्य कर दिखाए हों, किंतु वे अलौकिक कार्य उनके जीवन के लक्ष्य-कार्य नहीं रहे और न ही उन्हें केवल उन्हीं कार्यों के कारण उन लोगों को उनके दिवंगत होने के सदियों बाद भी याद किया जाता रहा है।

कृष्ण तक पहुँचने के लिए आपको हवा में तैरने की या पानी पर चलने की आवश्यकता नहीं है। कृष्ण तक पहुँचने के लिए आवश्यक नहीं है कि आप में यह क्षमता हो कि आप किसी व्यक्ति के मन की बात को बाँच सकें या उसकी मृत्यु के समय की भविष्यवाणी कर सकें। घंटों ध्यान में बैठे रहने के लिए या धन आदि दान करने के लिए कृष्ण आप पर कोई दबाव नहीं डालते। वास्तव में तो वे इस बात को भी कोई महत्त्व नहीं देते कि आपने अपने स्पर्श से कितने रोगियों को चंगा किया है। वे तो बस यह चाहते हैं कि आप प्रेम तथा विश्वास के साथ, मुसकान और गहन ज्ञान के साथ गुणातीत योग साधना के पथ पर दृढतापूर्वक आगे बढ़ते रहें। यदि आप स्वयं प्रेरित हैं, तभी आप अपने

चारों ओर के लोगों को उत्प्रेरित कर सकते हैं। कृष्ण आपको प्रेरित बनाना चाहते हैं।

ब्रह्मलोक में विराजमान पूर्णात्माओं के साथ सरलतापूर्वक संपर्क कैसे साधा जाए

एक नोटपैड लीजिए और उसके प्रथम पृष्ठ पर निम्नलिखित तीन बिंदु लिखिए—

1. पूर्णात्माओं के साथ संपर्क करना कठिन नहीं है।
2. मैं आज से बुद्ध के साथ निरंतर संपर्क साधने जा रहा हूँ। (बुद्ध को हम यहाँ उदाहरणस्वरूप ले रहे हैं। बुद्ध के स्थान पर आप अपनी रुचि की कोई अन्य पूर्णात्मा को भी ले सकते हैं। वह ईसा, मुहम्मद, रामकृष्ण, विवेकानंद, रमण महर्षि, गुरु नानक, मूसा या कोई अन्य प्रबुद्ध महान् आत्मा भी हो सकती है।)
3. मैं इस अद्‌भुत संसर्ग के हर दिन के हर अनुभव को रिकॉर्ड करता रहूँगा।

अब नोटपैड को एक तरफ रख दीजिए। फर्श पर पद्‌मासन लगाकर या आलथी-पालथी लगाकर बैठ जाइए, मेरुदंड को सीधा रखिए और हौले से आँखें बंद कर लीजिए। आराम से साँस लेते रहिए। स्वयं से कहिए, 'बुद्ध से संसर्ग करना सरल है।'

अब पृथ्वीलोक की कल्पना इसके समस्त तत्त्वों के साथ कीजिए, (सात अरब लोग, असंख्य पेड़-पौधे, पशु-पक्षी, जीव-जंतु, पर्वत, समुद्र और अन्य समस्त स्थावर-जंगम) और ये सब आपके हृदय के केंद्र में स्थित आपकी चेतना के साथ आकर जुड़ जाने के लिए वेगपूर्वक आपकी ओर चले आ रहे हैं। इस दृश्य को सुस्पष्ट देखिए। अपने हृदय के केंद्र में प्रवेश करते इन सभी तत्त्वों का स्वागत कीजिए। किसी को भी अस्वीकार मत कीजिए। उन्हें आपके हृदय में रम जाने और आपकी चेतना के साथ एकाकार हो जाने की अनुमति दीजिए। सारे पृथ्वीलोक

के अस्तित्व को मिट जाने दीजिए। केवल पृथ्वीलोक की चेतना का अस्तित्व रहने दीजिए। अपने हृदय में विद्यमान पृथ्वी की इस चेतना की विपुल-विशाल लहर को चंद्रलोक की ओर लेते चलिए।

चंद्रलोक में पहुँचकर प्रेम के देवता कंदर्प (कामदेव) से मिलिए और उनके चरण स्पर्श कीजिए। धन के देवता कुबेर से मिलिए और उन्हें साष्टांग प्रणाम कीजिए। स्वास्थ्य के देवता धनवंतरि से मिलिए और उन्हें सम्मान प्रदर्शन कीजिए। आप चाहें तो थोड़ा समय अपने पूर्वजों के साथ भी बिताइए। उनके साथ बातें कीजिए और जो कुछ उन्होंने आपके लिए किया है, उसके लिए उनका आभार प्रकट कीजिए। चंद्रलोक में इधर-उधर घूमिए और वहाँ चल रही गतिविधियों की जानकारी लीजिए और उनका आनंद लीजिए। देखिए कि देवता भी कैसे लड़ते-झगड़ते हैं, कैसे स्त्रियों के पीछे भागते रहते हैं, और कैसे मरते भी हैं। यह बात ध्यान में रखिए और खुद को याद भी दिलाते रहिए कि स्वर्ग एक मनोरम स्थल अवश्य है, किंतु यह आपका अंतिम गंतव्य नहीं है। अत: सभी देवताओं को चलते समय का नमस्कार करते हुए द्युतिलोक की तरफ आगे बढ़िए।

द्युतिलोक में शिव के साथ नृत्य कीजिए। विद्या की देवी और ब्रह्मा की पत्नी सरस्वती से मिलिए और उनका वरदान प्राप्त कीजिए। विष्णु के चरण स्पर्श कीजिए और स्वयं को धन्य महसूस कीजिए। समृद्धि की देवी और विष्णु की पत्नी लक्ष्मी से मिलिए। पृथ्वीलोक में भली-भाँति आपकी देखभाल और सार-सँभाल किए जाने के लिए उन्हें धन्यवाद दीजिए। द्युतिलोक में विद्यमान ऊर्जा की उच्च तरंगों पर ध्यान दीजिए। देखिए कि द्युतिलोक में बल और पदार्थ किस प्रकार एकाकार हो गए हैं। शिव से उनकी पत्नी अर्थात् इस संसार में बुराई का संहार करनेवाली देवी काली से मिलवाने की प्रार्थना कीजिए। उनका आशीर्वाद लीजिए, जो आपको जीवन भर काम आएगा। शिव के पुत्र

और विघ्न विनाशक गणेश से मिलिए। मोदक तैयार करके उन्हें मोदक भेंट कीजिए।

इन तीनों देवताओं और उनकी पत्नियों के सान्निध्य में कुछ समय व्यतीत कीजिए और पृथ्वीलोक के बारे में अपनी चिंताएँ उनके सामने रखिए, इस पर चर्चा कीजिए कि उसे एक अधिक स्वास्थ्यकर और अधिक सुंदर लोक बनाने में वे आपना क्या योगदान कर सकते हैं। उनसे वे सुझाव लीजिए, जिन्हें आप एक व्यक्ति के रूप में पृथ्वी पर कार्यान्वित कर सकते हैं। इस बारे में उनसे बात कीजिए और जिस तरह वे आपकी सहायता करेंगे, उसकी आप कल्पना भी नहीं कर सकते। उनसे विदा और आशीर्वाद लेकर अब आप ब्रह्मलोक की तरफ आगे बढ़िए।

वहाँ विराजमान सभी पूर्णात्माओं का अभिवादन कीजिए। बुद्ध, मुहम्मद, ईसा, मूसा, गुरु नानक, रामकृष्ण, विवेकानंद तथा हर धर्म के प्रमुख से मिलिए। उनके समक्ष आप साष्टांग प्रणाम कीजिए और उनमें से हर एक के साथ थोड़ा-थोड़ा समय बिताइए। बुद्ध से त्याग और विराग के रहस्य को प्रकट करने का आग्रह कीजिए। उनसे पूछिए कि किसी को तत्क्षण किस चीज का परित्याग कर देना चाहिए? मुहम्मद से मिलिए और उनसे पूछिए कि मुसलमान उनके नाम पर मर मिटने के लिए क्यों तैयार रहते हैं। उनसे भाईचारे का रहस्य बताने का आग्रह कीजिए। रामकृष्ण से मिलिए, जिन्होंने एक ही जीवन काल में हिंदू, मुसलिम और ईसाई तीनों धर्मों को गले लगाया था। उनसे उनके समर्पण के रहस्य को खोलने का आग्रह कीजिए तथा कोई एक ऐसी विशेष बात बताने के बारे में चर्चा कीजिए, जिसे हिंदू अपने देवी-देवताओं की पूजा करते समय अपना सकें। विवेकानंद से मिलिए और उनसे उनके परिपूर्ण ज्ञान का रहस्य बताने का अनुरोध कीजिए।

ईसा से मिलिए और उनके पावन चरण स्पर्श कीजिए। उनसे उनके विशुद्ध प्रेम के रहस्य को प्रकट करने का अनुरोध कीजिए। उनसे

पूछिए कि वे अगली बार पृथ्वी पर कब पदार्पण कर रहे हैं। इस पुनीत स्थान पर जहाँ सारी पूर्णात्माएँ निवास करती हैं, कुछ देर ध्यान लगाइए। ब्रह्मलोक में आने का आनंद लीजिए। ब्रह्मलोक जाकर जिस पूर्ण-आत्मा से मिलने का आपका मन रहा हो, उससे मिलिए। उसके साथ उत्तम समय व्यतीत कीजिए। प्रश्न पूछिए, आमोद कीजिए, अपने हृदय को खोलिए। उसके द्वारा दिए जा रहे उत्तर को पूरे ध्यान से सुनिए और उस पूर्णात्मा के मौन व शांतता का सम्मान कीजिए। उसका आशीर्वाद लीजिए और उससे कोई भी मदद माँगने में संकोच मत कीजिए। उससे मार्गदर्शन का आग्रह कीजिए और बड़ी बात यह कि अपने एक बार पुन: आने और उससे मिलने की अनुमति लीजिए।

अपनी आँखें खोलिए और आप स्वयं को पृथ्वीलोक में पाएँगे।

बिना प्रयास ही अपने मन की तरंग को उत्तुंग कैसे करें?

अपना नोटपैड लीजिए। एक नया पृष्ठ खोलिए और निम्नलिखित पाँच बिंदु लिखिए—

1. मेरे मन की तरंग जैसी होगी, मैं भी वैसा ही होऊँगा। वह जितनी उत्तुंग होगी, मेरी सजगता भी उतनी ही सूक्ष्म होगी, और वह जितनी निम्न होगी, मैं उतना ही अधिक विभ्रमित रहूँगा।
2. मुझे इसमें कोई संदेह नहीं है कि सारे विभ्रम, सारे संदेह और भेद-विभेद मन की निम्न तरंग से ही पैदा होते हैं; और सारी स्पष्टताएँ, बहुलताएँ, प्रेम, शांति और करुणा मन की उच्चतर तरंग से उत्पन्न होते हैं। मैं अपने जीवन में प्रतिदिन इस विधान को याद रखने का भरसक प्रयास करूँगा।
3. मेरे जीवन का वह भाग, जहाँ ये तरंगें निम्न रही हैं बड़ा कष्टमय रहा है। जब प्रचुरता व बहुलता से जुड़ी मेरी तरंग निम्न रहती है, तब मेरा वह क्षेत्र कष्टमय रहता है। यदि संबंधों से जुड़ी मेरी

तरंग अशक्त और अपर्याप्त रहती है तो मेरा वह क्षेत्र कष्टमय रहता है। यदि स्वास्थ्य से जुड़ी मेरी तरंग अच्छी नहीं है तो मेरा वह क्षेत्र कष्टमय रहता है। मैं अपने जीवन के उस एक-एक क्षेत्र को लूँगा, जहाँ तरंग बहुत निम्न है और उसे ठीक करता जाऊँगा।

4. तरंग की श्रेणी को उठाने का रहस्य यह है कि उसे प्रकृति की किसी उच्चतर तरंग वाली चीज के साथ जोड़ दिया जाए। वह चीज कोई प्रबुद्ध आत्मा, कोई शक्तिशाली पशु, पहाड़, कोई फूल अथवा प्रकृति का कोई भी दिव्य पहलू हो सकता है। यदि अभाव मुझको व्यथित व पीड़ित कर रहा है तो मैं अपने मन को विराट् महासागर पर स्थित कर दूँगा और विपुलता व प्रचुरता अनुभव करूँगा। मैं ध्यानपूर्वक देखूँगा कि किस प्रकार नदियों का जल अनवरत रूप से सागर में उड़लता भी रहता है और फिर अगले ही क्षण उड़ता भी जाता है। मैं अवलोकन करूँगा कि महासागर किस प्रकार लहरों का एक सिलसिला रचता है और फिर अगले ही पल उसे ध्वस्त भी कर डालता है। मैं महासागर के हृदय पर ध्यान लगाऊँगा जो कि स्वयं में सदैव परिपूर्ण, स्थिर और शांत रहता है। **सागर कभी जल के पीछे नहीं भागता। वह तो जल को स्वीकार करता है, अंगीकार करता है और फिर वह उससे परिपूर्ण रहता है, भले ही वह उसमें से कितना ही दे देता हो।** मैं अपने मन को सागर की प्रशांतता कर ध्यान केंद्रित करने और इसकी प्रचुरता व बहुलता के स्वभाव को ग्रहण कर लेने के लिए प्रशिक्षित करूँगा।

5. यदि मुझे स्वास्थ्य संबंधी कोई समस्या है तो मैं हाथी के बल पर या किसी सबल देवता पर अपना ध्यान केंद्रित करूँगा। यदि मुझ में सुचारूता व मनोहरता की लालसा जागेगी तो सिंह की

> चेतना में प्रवेश करूँगा। यदि अधिक प्रसन्नता की ललक मुझ में उठेगी तो मैं गुलाब या सूरजमुखी की गरिमा और महिमा पर अपने मन को स्थिर करूँगा। यदि मुझ में निर्मलता की समस्या घर करेगी तो मैं बुद्ध और ईसा की चेतना में विलीन होने का प्रयास करूँगा। चयन करने के लिए मेरे सामने अछोर विकल्प हैं। मैं यह याद रखूँगा कि मैं कुछ बनने के लिए प्रयासरत नहीं हूँ। मैं तो बस प्रकृति की सहायता अपने व्यक्तित्व के उस भाग को दुरुस्त करने के लिए ले रहा हूँ, जो तरंग के निम्न स्तर, गति व श्रेणी से त्रस्त है।

अब नोटपैड को एक तरफ रख दीजिए। अपनी दिनचर्या को व्यवस्थित कीजिए। प्रतिदिन प्रात:काल में घर के अन्य लोगों के जगने से पहले उठ जाइए, फर्श पर पद्मासन में या आलथी-पालथी लगाकर बैठ जाइए और प्रभात की बेला की शांति का आनंद लीजिए। अपने होने की ऊष्मा का सुख अनुभूत कीजिए। कोई भी चाह मत कीजिए। सबकुछ शीघ्र ही आपका होनेवाला है।

नोटपैड पर लिखे पाँचों बिंदुओं को बोलकर पढ़िए। अब अपनी आँखें बंद कीजिए और अपने मन को अपने हृदय के केंद्र में जमकर बैठे होने की कल्पना कीजिए। यदि आपका मन भटके तो अपनी उँगली की सहायता लीजिए, उसे अपने हृदय के ठीक ऊपर टिकाइए और आप देखेंगे कि आपका मन आपकी उँगली के संकेत के अनुसार आपके हृदय पर आ टिकता है। इस पूरी प्रक्रिया का आनंद लीजिए, किंतु इसे अपने पर भारी मत बनाइए। यह कोई परीक्षा नहीं है और न ही इसमें असफलता जैसा कुछ है, बस इसे ठीक से करना है।

अब रुचिकर भाग सामने आ रहा है। जब आप अपने मन को हृदय के केंद्र में स्थित कर लें तो फिर इसी अवस्था में पाँच मिनट रहें।

अब कल्पना कीजिए कि आपका मन आपकी चेतना को साथ

लेकर आपके हृदय के केंद्र में से आपको छोड़ता हुआ बाहर निकल रहा है। अपनी आँखों को हौले से बंद कर लीजिए और कल्पना कीजिए कि आपकी चेतना उस केंद्र में से आपको छोड़ती हुई निकल रही है और प्रकृति की उस चीज की ओर बढ़ रही है, जिसका आपने थोड़ी देर पहले चयन किया है, उदाहरण के लिए समुद्र। तो दरअसल, आप अपनी चेतना को समुद्र की चेतना में प्रवेश करने के लिए कह रहे हैं। जब मैं 'प्रवेश करना' कहता हूँ तब मेरा अभिप्राय प्रवेश करने से ही है। कल्पना कीजिए कि आपकी चेतना अब समुद्र में प्रवेश कर गई है। समुद्र के अस्तित्व की विराट्ता को महसूस कीजिए। लहरों के साथ लहराइए। समुद्र की सदा-सर्वदा रहनेवाली परिपूर्णता व स्थिरता पर गौर कीजिए। जल इसमें अनवरत उड़ल रहा है और साथ ही उड़ भी रहा है। समुद्र सदैव प्रचुर और विपुल रहता है। इस समूचे अनुभव का आनंद लीजिए।

जब आप समुद्र के साथ अपने मिलन का आनंद ले रहे हों, तब ध्यान रखिए कि आपकी चेतना आपके शरीर में वापस न आ कूदे। अपनी चेतना को समुद्र में ठहरने दीजिए। यह बहुत महत्त्वपूर्ण है। उसको समुद्र के भीतर रमने दीजिए, अपने शरीर में उसे वापस ले आने की जल्दबाजी मत कीजिए। उसे समुद्र की प्रचुरता और विपुलता को पीने दीजिए। जो गलती अधिकांश लोग करते हैं, वह यही है कि वे अपने इस अनुभव का विश्लेषण करने की और फिर अपनी चेतना को अपने शरीर में वापस खींच लेने की जल्दबाजी करते हैं।

ऐसा मत कीजिए। आप ही अपनी चेतना के स्वामी हैं। यह आपकी ही है। यह वापस आ ही जाएगी। इसे सबलता और विपुलता सहित वापस आने दीजिए। अपनी चेतना को समुद्र के हृदय में एक छोटी सी अवधि के लिए विश्राम करने दीजिए। एक लंबे समय के लिए ऐसा करने की आवश्यकता नहीं है। महत्त्वपूर्ण है सघनता, न कि

अवधि। पूरे अनुभव का आनंद लीजिए और जब तृप्त अनुभव करें तो वापस कूदकर अपने शरीर में आ जाइए।

प्रतिदिन पंद्रह मिनट के लिए ऐसा कीजिए। पहले पाँच मिनटों में अपने मन को अपने हृदय के केंद्र में स्थिर कीजिए और शेष दस मिनटों में अपनी चेतना को चयनित वस्तु में प्रवेश करने दीजिए—वह वस्तु चाहे गुलाब हो, सिंह हो या कुछ और। उसमें चेतना को बस प्रवेश करने दीजिए। तरंग को अनुभव कीजिए। तृप्त होने पर वापस कूदकर अपने शरीर में आ जाइए। कुछ ही दिनों में आप अपनी तरंग में एक उल्लेखनीय परिवर्तन महसूस करेंगे।

"जिसका मन इच्छित वस्तुओं को केवल चाहने की बजाय उनमें इस प्रकार प्रवेश करता है जिस प्रकार नदी परिपूर्ण और स्थिर समुद्र में प्रवेश करती है, हे अर्जुन, उसमें शांति का वास रहता है।"

विपुलता का अर्थ वह पा लेना है जो कि फिर कभी रिक्त न हो, समाप्त न हो। सूख जानेवाली झीलें कभी विपुल नहीं होतीं, यह तो केवल समुद्र है जो सदा-सर्वदा विपुल ही रहता है। जल समुद्र का है, वह जल का स्वामी है, जलपति है, जलागार है। जल इसमें उड़लता भी है और जल इसमें से उड़ता भी है, किंतु समुद्र सदैव परिपूर्ण व स्थिर रहता है। यह पृथ्वी भी आपकी है, स्वर्ग भी आपका है, यह मत भूलिए।

□

अध्याय चार

मोह और आसक्ति के जाल से मैं कैसे मुक्त हुआ तथा अनासक्ति के योग में कैसे दक्ष हुआ और यह आप भी कैसे कर सकते हैं?

"हे अर्जुन, जिसे लोग संन्यास कहते हैं, उसे तुम योग जानो। जो अपनी इंद्रियों और अपने कार्यों के प्रति आसक्त नहीं है। जिसने अपनी समस्त मानसिक निर्मितियों को चुन-चुन कर निकाल बाहर किया है, वह योग की ऊँचाइयाँ छू लेता है। उसे योगी जानो।"

'मानसिक निर्मिति' शब्द यहाँ ध्यान देने योग्य है। मानसिक निर्मिति के लिए दूसरा शब्द है व्यष्टि, अर्थात् स्वयं को समष्टि (सामूहिकता व संपूर्णता) से एक पृथक् व स्वतंत्र अंश मानना। कृष्ण कहते हैं कि समस्त मानसिक निर्मितियों को निकाल बाहर कर देने के बाद जो शेष बचा, आपकी व्यष्टि का वह पहलू ही जानने योग्य है।

आपके व्यक्तित्व का एक विचित्र पहलू मैं आपके सामने प्रकट करना चाहता हूँ। आपके व्यक्तित्व का यह पहलू इस बारे में नहीं है कि आप किस बात में बढ़िया हैं। इसका आपकी स्वभावगत विशेषताओं और भावावेशों से भी कोई लेना-देना नहीं है। मैं एक भिन्न प्रकार की

व्यष्टि की बात कर रहा हूँ, जिसके साथ कार्य करना खेल सरीखा है, जो सुगम है, और सबसे बड़ी बात यह कि यह आपको परिपूर्णता का एहसास कराता है, भले ही आप अपने जीवन में सौभाग्यशाली रहे हों या दुर्भाग्यशाली। मैं चाहता हूँ कि आप इसे बड़े ही ध्यान से देखें व समझें, क्योंकि आपके व्यक्तित्व का यही पहलू आपकी आगामी यात्रा को बहुत सरल व सुगम बना देगा।

थोड़ा सा अपने बारे में बता दूँ। मैं 39 वर्ष का हूँ। 30 वर्ष की आयु तक मैं हर विचार को बड़ी गंभीरता से लिया करता था। यदि मुझे सुखद विचार आते थे तो कोई सुखद कार्य भी उनका अनुगमन करता था, और यदि कोई दु:खद विचार आता तो एक पीड़ाप्रद अनुभव भी पीछे-पीछे चला आता था। मैं अपना जीवन इसी प्रकार जी रहा था। विचार मेरे लिए कारण भी था और प्रभाव का अनुभव भी।

जैसे ही मैं सुबह सोकर उठता था तो ये विचार एक के बाद एक मेरे मन में आने शुरू हो जाते थे और मैं उन सबसे स्वयं को जोड़ता चला जाता था, और इस प्रकार पीड़ा व प्रसन्नता की अनुभूतियों के चक्र-व्यूह में फँसा रहता था। अब कभी पीछे पलटकर देखता हूँ तो आश्चर्य होता है कि उन 30 वर्षों को जिया किसने? मैंने या मेरी अनुभूतियों ने?

उन दिनों मैं भारत में फॉर्चून 500 नामक एक कंपनी के साथ काम करता था और काम के सिलसिले में सप्ताहांत के दिनों में रेल द्वारा यात्रा किया करता था। अपनी एक रेल यात्रा के दौरान मैंने 'टॉक्स विद विवेकानंद' पुस्तक खरीदी और उसे कुछ पृष्ठों तक पढ़ता चला गया। पुस्तक रुचिकर थी। उस समय तक मेरे अंदर आध्यात्मिकता के प्रति कोई वास्तविक रुझान नहीं था। मैं बस इतना जानता था कि कोई उच्चतर शक्ति है, जिसे ईश्वर कहते हैं और कभी उसके अस्तित्व के बारे में मेरे अंदर कोई संदेह भी नहीं रहा था; किंतु उसमें कभी इतना

गहरा पैठने का भी मैं कभी इच्छुक नहीं रहा। वह पुस्तक पढ़ते-पढ़ते विवेकानंद और उनके एक शिष्य के बीच हुए संवाद ने मेरा ध्यान आकृष्ट किया। विवेकानंद ने वहाँ भगगवद्गीता से एक श्लोक का उद्धरण दिया था, जिसमें कृष्ण अर्जुन से कहते हैं, "यदि तुम अपने वास्तविक स्वरूप को नहीं जानते तो तुम्हारी इच्छाएँ निरर्थक हैं, तुम्हारे कर्म निरर्थक हैं, तुम्हारी अनुभूतियाँ निरर्थक हैं।"

और मैं सोचने लगा कि कृष्ण किस बारे में बात कर रहे हैं? एक अकेले वाक्य में उन्होंने मेरे अंदर बैठे बहुत कुछ को बाहर धकेल दिया था—मेरी इच्छाएँ, मेरे कर्म, मेरी अनुभूतियाँ··· और मैं यह जानने के लिए उत्सुक हो उठा कि यह 'वास्तविक स्वरूप' होता क्या है।

और विवेकानंद आगे आत्मा व परमात्मा के बारे में तथा अध्यात्म से जुड़ी हर चीज के बारे में इतने सुंदर ढंग से समझाते चले गए, जैसे मेरे कान कोई संगीत सुन रहे हों; मैंने इतनी शांति और शक्ति अपने अंदर पहले कभी महसूस नहीं की थी। इस प्रकार मेरी आध्यात्मिक यात्रा का श्रीगणेश हुआ और पिछले पाँच वर्षों में मेरी नौ पुस्तकों को बेस्ट सेलर होने का सौभाग्य मिला है, उन्हें हाथों-हाथ लिया गया। यह मेरा सौभाग्य रहा है कि मैं हर समय आध्यात्मिक संदेशों का आदान-प्रदान करने की अवस्था में रहता हूँ, किंतु मुझे यह स्वीकार करना होगा कि जब ज्ञान ने मेरा द्वार खटखटाया था, तब मेरा जीवन विकट था। उस दिन मुझे पता चला कि मैं कितना तुच्छ जीवन व्यतीत करता आ रहा हूँ। मैंने जब भी ज्ञान को प्रयोग में लाना चाहा, तो मेरे विगत विचार और विगत कर्म तुरंत हस्तक्षेप करते और उसकी मूढ़ता सिद्ध कर देते थे। इसका कुल परिणाम यह होता कि मैं किंकर्तव्यविमूढ़ होकर रह जाता, न इधर का रहता, न उधर का। मैं बहुत खिन्न हो जाता था। मुझे सर्वोत्तम ज्ञान भी उपलब्ध था और उसे क्रियान्वित करने की इच्छा भी मुझमें थी, किंतु मेरे अपने ही विगत कर्म, विचार और मेरा अपना

व्यक्तित्व प्रज्ञा के उन सुंदर शब्दों को बाहर धकेल दिया करते थे। जीवन नर्क हो गया था और बहुत से लोग सोचने लगे थे कि मैं पगला गया हूँ, क्योंकि मेरी चेतना तो एक दिशा में जाना चाहती थी और मन दूसरी दिशा में, और मेरा शरीर हमेशा की तरह किसी की कोई भी बात नहीं सुनता था।

तथापि अपने अंतरद्वंद्व के इस उथल-पुथलवाले समय के दौरान भी एक बात अच्छी रही थी और वह यह कि प्रात:काल और संध्याकाल के समय शांत व मौन बैठने में मैंने कभी चूक नहीं की। प्रतिदिन प्रात: और संध्या का समय मैं मौन व प्रार्थना में व्यतीत करता था। मैं नहीं जानता कि मेरी यह आदत कैसे बनी, किंतु यह कुदरती तौर पर सहज ही आ गई थी। इसमें मैंने एक भी दिन चूक नहीं की। यह करना प्रमुख रहता था, बाकी सब गौण। सृष्टि के स्रोत को आदर देने के साथ मैं दिन का शुभारंभ करता था और उसी को धन्यवाद देने के साथ उस दिन का समापन भी। दिन के दौरान कुछ भी होता रहा, किंतु प्रात: और संध्या समय मौन व शांत बैठने के उन पलों में मैंने कभी कोई कोताही नहीं की, और मैं समझता हूँ कि मौन व शांत बैठने की मेरी यह सामान्य सी आदत ही थी, जिसने इतना बड़ा परिवर्तन किया और वह महत्त्वपूर्ण अन्वेषण करा दिया, जो मैं आपके समक्ष रखने जा रहा हूँ। यह वह परिवर्तन है, जो गुणातीत योग को सिद्धहस्त करने के लिए आपको एक सशक्त साधन उपलब्ध कराएगा।

पहला रहस्य

सुख सदैव संघर्ष से संबद्ध रहता है। वह सुख जो संघर्ष के साथ न जुड़ा हो, उसे भोग-विलास कहते हैं और यह भोग-विलास मानव के लिए सार्थक नहीं होता। विकास व अभिवृद्धि सदा संघर्ष से होते हैं।

संघर्ष अपरिहार्य है। **यदि आप संघर्ष नहीं कर रहे हैं तो इसका अर्थ है कि आप विकास व अभिवृद्धि नहीं कर रहे हैं।** अब हम यह

समझ लें कि यह संघर्ष, यह जूझना होता क्या है। मैं उस संघर्ष की बात नहीं कर रहा हूँ, जो हम अपने खर्चों का भुगतान करने और अपने मन की मुरादों को पूरा करने के लिए करते हैं। वह संघर्ष तो निरर्थक जाता है, वह हमें कहीं नहीं पहुँचाता है।

अर्जुन से कृष्ण कहते हैं, "अपनी वर्तमान परिस्थिति के कारणों के साथ संघर्ष करना छोड़ दो, और इन कारणों से होनेवाले भावी प्रभावों के साथ भी संघर्ष करना छोड़ दो।"

अतीत की घटनाओं और अतीत के जुड़ावों के साथ संघर्ष ही आपकी वर्तमान परिस्थितियों का कारण है। उनके साथ संघर्ष में कभी मत पड़ो। ऐसा करना व्यर्थ है। कृष्ण इसे तत्क्षण छोड़ देने को कहते हैं। कर्तव्य को टालना, क्रोध करना, अधीरता, नकारात्मक सोच, दूरदर्शिता का अभाव, अच्छे संबंध बना पाने की अयोग्यता, ये सब व्यक्तिगत विफलता के कारण नहीं हैं, बल्कि ये तो आपके मन की तरंग की निम्नता के प्रभाव हैं।

कृष्ण परामर्श देते हैं, "विफलता का भय, खर्चे पूरे न होने की आशंका, अपने लक्ष्य पूरे कर पाने में स्वयं पर भरोसा न होना और इसी प्रकार के विचार व चिंताएँ आपके वर्तमान व्यक्तित्व के भावी प्रभाव हैं। उनके साथ संघर्ष में कभी मत पड़िए। इन्हें इसी क्षण छोड़ दीजिए।"

केवल एक चीज के साथ संघर्ष करते रहिए, आपका वर्तमान व्यक्तित्व बनाम वह ज्ञान जो आप में भरा हुआ है। यही संघर्ष सबसे उत्तम संघर्ष है, सबसे प्रधान संघर्ष है, आप में भरे हुए ज्ञान के विरुद्ध आपके वर्तमान व्यक्तित्व का संघर्ष। यदि आप इस दिशा में संघर्ष करना आरंभ कर देते हैं तो इस बात की प्रबल संभावना हो जाती है कि जो आप मन में ठान लेंगे, आप वह सब कुछ पा लेंगे।

अंतराल विचारों और कर्म के बीच नहीं रहता, बल्कि अंतराल तो वास्तव में ज्ञान और व्यक्तित्व के बीच रहता है। और

यही वह अंतराल है, जो सामान्य विचारों को प्रभावित करता है, कर्म की गति को धीमा कर देता है और आपको स्वयं के निरर्थक व फालतू होने या कम महत्त्व का होने जैसा एहसास दिलाता है।

तो इसके लिए पहला कदम है अधिक जानना। अधिक जानने से मेरा अभिप्राय है अपने बारे में और अधिक जानना। अपने विचारों, अपने मन-मस्तिष्क और अपने स्रोत के बारे में अधिक जानना। और इसकी शुरुआत करने का सबसे सरल तरीका है अपने मन की तरंग को ऊँचा उठाने के लिए स्वयं को प्रशिक्षित करना।

दूसरा कदम है अपने व्यक्तित्व पर काम करना। जब आप अंतर्दृष्टि प्रदान करने वाली कोई पुस्तक पढ़ते हैं या रूपांतरणकारी कोई वीडियो देखते हैं तब क्या होता है? आप एकदम उत्प्रेरित महसूस करते हैं, "हाँ, मैं भी यह कर सकता हूँ।" तो, तनिक अपने मन की कार्यविधि को बहुत ध्यान से देखिए। आपने ऐसे ज्ञान को पढ़ा, देखा या सुना, जिसने आपको इस आत्म-विश्वास से भर दिया कि आप भी अपने लक्ष्यों को पा सकते हैं। फिर भी जब आप इस डगर पर आगे बढ़ते हैं, तब एक विचित्र बात महसूस करते हैं। जैसे ही आप उस ज्ञान को व्यवहार में परिणत करते हैं, तभी कोई चीज घुसपैठ करती है और आपके मार्ग में बाधा बन कर खड़ी हो जाती है। यह आपका वर्तमान व्यक्तित्व ही है, जो इन महान् विचारों को आगे बढ़ाने के कार्य में स्वयं रोड़ा बन कर खड़ा हो जाता है।

दूसरा रहस्य

हम सब विभाजित व्यक्तित्व अर्थात् टुकड़ों में बँटा हुआ व्यक्तित्व रखते हैं। इस विभाजित व्यक्तित्व को जानिए और स्वयं में पहचानिए।

हर व्यक्ति के दो व्यक्तित्व होते हैं। एक वह जो परिवर्तनशील है और एक वह जो परिवर्तनशील नहीं है। परिवर्तनशील व्यक्तित्व बच्चों द्वारा बनाए जानेवाले रेत के घरौंदे की तरह होता है, जिसे वे बनाते-

बिगाड़ते रहते हैं, जब कि अपरिवर्तनशील व्यक्तित्व हमारे अस्तित्व का दिव्य पक्ष होता है। आइए पहले हम परिवर्तनशील व्यक्तित्व के बारे में जानें और देखें कि हम इससे वांछित परिणाम कैसे प्राप्त कर सकते हैं।

मुझे जब भी किसी बड़ी समस्या का सामना करना पड़ता था, तब मैं तुरंत यह सोचने बैठ जाता था कि इस मुसीबत से छुटकारा कैसे पाऊँ। इसका कुल नतीजा यह होता था कि मैं कभी भी न तो समस्या को समझ पाया और न ही उसका समाधान कर पाया, क्योंकि मैं उससे जितना पीछा छुड़ाने का प्रयास करता, उतना ही उसमें उलझता और धँसता चला जाता था। समस्या का सामना करते समय जिन दो चीजों का मुझमें अभाव रहा था, वे हैं—

1. प्रतिभाशाली विचार जो कि सामने खड़ी समस्या के भार की अपेक्षा कहीं अधिक सबल होते हैं।
2. इन प्रेरणाप्रद विचारों को ग्रहण कर लेनेवाली और इन्हें आचरण में ढाल देने वाली उन्मुक्त प्रवाही ऊर्जा।

जल्दी ही मुझे इस बात का भान हो गया कि जब-जब मेरी प्रत्यक्ष परिस्थितियाँ विकट रही हैं, तब-तब मेरे विचार साफ तौर पर मूर्खतापूर्ण होते थे और मेरी ऊर्जा बहुत मामूली और हताशाजनक।

ये असमंजस और अनिश्चिततावाले वे ही दिन थे, जिनके दौरान मुझे नैतिक रूप से दुर्बल इस व्यक्तित्व को थामे रखने की भ्राँति साफ-साफ दिख पाई थी—एक ऐसे व्यक्तित्व को, जो घटनाओं के आधार पर अपना स्वरूप बदलता रहता है। कोई घटना चक्र मेरे सारे उत्साह को, मेरी प्रेरणा को, मेरे प्रतिभाशाली विचारों और मेरी उमंग को भला कैसे कुचल सकता था? कोई बाहरी चीज मेरे भीतरी व्यक्तित्व की हत्या कैसे कर सकती थी?

हम अपने व्यक्तित्व निर्माण के लिए कितना परिश्रम करते हैं, किंतु कोई एक घटना या गलती उसे तार-तार कर देती है। मैं व्यक्तित्व

की एक ऐसी अवधारणा को मोल नहीं ले सकता था, जो जीवन की टक्कर और चक्कर को झेलने की क्षमता न रखती हो। निश्चय ही कोई अवधारणा तो ऐसी होगी, जो उस अवधारणा से अधिक बलवती हो, जो इतने वर्षों में मुझ में पलती आई थी।

दिव्य व्यक्तित्व में प्रवेश कीजिए

कृष्ण अर्जुन से कहते हैं, ''जो व्यक्तित्व अतीत के अनुभवों के आधार पर बना हो, वह चाहे कितना भी कुरूप या सुरूप हो, एक-न-एक दिन पूरी तरह से ध्वस्त और धराशायी हो ही जाएगा।''

''बच्चों के खेल के घरौंदे जैसा व्यक्तित्व न बनाएँ, इसे छोड़कर कुछ बड़ा बनाएँ'', कृष्ण कहते हैं।

ऐसा हम कैसे करें? मैं ऐसा कैसे कर पाया, उसका यहाँ उल्लेख कर रहा हूँ।

प्रतिदिन के शांत व मौन पलों के दौरान एक दिन यह विचार आया, 'क्यों कोई कटु अनुभव हमेशा मेरे पीछे पड़ा रहता है। एक विकट अनुभव में से गुजरते हुए जीने का आखिर प्रयोजन क्या है?'

जैसे ही ये विचार मेरे मन में आए, एक अनोखी प्रशांतता मेरे भीतर उतरती चली गई, और फिर यकायक एक बिल्कुल नया रास्ता मेरे सामने खुल गया। मेरे पुराने और बारंबार आ कूदनेवाले विचार तिरोहित हो गए। अब मैं किसी विचार की तलाश में नहीं था। अब मैं एक ऐसे व्यक्तित्व की तलाश में था, जो एक उत्तर तलाशने में मेरी मदद करे।

मेरे भीतर से चिर-परिचित आवाज ने मुझसे कहा और वह भी विचारों या शब्दों के रूप में नहीं, बल्कि ऐसे सौम्य स्वरों में कहा, जो कि मेरे हृदय के तारों के स्वर लगते थे। मेरे दिव्य व्यक्तित्व ने मुझे जो प्रकट किया, वह यह था—

1. आतंकित मत होओ। अभी सबकुछ खत्म नहीं हो गया है।
2. तुम में एक नया अनुभव रचने की क्षमता है। आगे बढ़ो और

नया अनुभव सृजित करो।

3. अपनी प्रत्यक्ष समस्या में से निकल जाने के लिए अपनी सारी ऊर्जा मत खपा दो। सामने खड़ी समस्या को बस कबूल करो कि वह है। तुम्हें सिर्फ इतना ही करना है।
4. अपनी प्रत्यक्ष परिस्थितियों में बदलाव लाने का सबसे सरल उपाय यह है कि तुम अपने बाधा-चक्र को जानो व समझो और फिर उसे अपनी मौत मर जाने दो।

बाधाओं का चक्र, और यह आपकी समस्याओं के दौर को कैसे घटा सकता है?

समस्याओं को हम परे नहीं धकेल सकते। हम केवल उनकी पीड़ाप्रद अनुभूति को कम कर सकते हैं और जब ऐसा करने की युक्ति में लगे होते हैं, तब समस्या जाने कहाँ चली जाती है। समस्या का अस्तित्व केवल तभी तक रहता है, जब तक कि किसी खराब/क्लेशकारी अनुभव की आवश्यकता का अस्तित्व रहता है। जब पीड़ाप्रद अनुभव को होना कबूल कर लिया जाता है, तब समस्या के अस्तित्व की आवश्यकता भी नहीं रह जाती है। फिर तो उसे जाना ही होता है। आइए, देखें कि यह सब कैसे घटित होता है।

हम सोचते हैं। हम क्रिया करते हैं। हम अनुभव करते हैं। अनुभव तो एक प्रभाव है। किंतु न तो क्रिया और न ही विचार—इनमें से कोई भी अनुभव का वास्तविक कारण नहीं होता। समस्त अनुभवों के मूल कारण तो वे प्रभाव हैं, जो कि मन-मस्तिष्क में दर्ज रहते हैं। ये प्रभाव ही हैं, जो कि विचारों का सूत्रपात करते हैं, और फिर विचारों के पीछे-पीछे क्रियाएँ चली आती हैं और यह सब अंततः अनुभव तक पहुँच जाता है। यह बड़ी अनोखी बात है, क्योंकि **पीड़ाप्रद अनुभव की लंबाई आपके मन में अभिव्यक्त होने को बेचैन, दुःखद व कष्टप्रद प्रभावों की राशि के बिल्कुल समानुपातिक होती है।**

कारण	**प्रभाव**
गहन प्रभाव	विचार-क्रिया-अनुभव
घटित होने की प्रतीक्षा में सुखद व दुःखद अनुभव	

तो प्रभाव क्या होते हैं और वे कैसे बनते हैं?

प्रभाव एक प्रतिक्रिया ही है। जो कुछ भी हम देखते हैं, सुनते हैं या छूते हैं वह सूक्ष्म छाप के रूप में, प्रभाव के रूप में रिकॉर्ड हो जाता है। यह उदाहरण देखिए। आप अपने काम पर जाते हैं, दिन के समय आप अनेक लोगों से मिलते हैं। घर लौटते समय आपको एक सुंदर स्त्री दिखाई देती है और आप उसे देखते रह जाते हैं। सोने से पहले आप दिन की घटनाओं के बारे में सोचते हैं, किंतु आपकी आँखों के सामने जो एकमात्र छवि उभर कर आती है, वह केवल उस सुंदर स्त्री की होती है। इसमें आप कुछ नहीं कर सकते। उस छवि ने आपके मन पर गहरा प्रभाव छोड़ा है और वह आपको उसी के बारे में सोचने पर मजबूर करती है। अगले दिन जब आप सोकर उठते हैं, तब भी वह छवि आपका पीछा नहीं छोड़ती। आप इन गहरे प्रभावों को अनदेखा नहीं कर पाते हैं और ये प्रभाव आपको एक खास तरह से सोचने को तब तक मजबूर करते हैं, जब तक कि कोई उनसे भी प्रबल प्रभाव उसके जवाब में नहीं आ खड़ा होता।

मन गहन प्रभावों के रूप में एक स्वतंत्र अस्तित्व रखता है।

आपके मन में बैठा हुआ हर एक गहरा प्रभाव स्वयं को प्रकट करने के लिए हर समय और हर संभव अवसर की ताक में रहता है और जब भी उसे कोई अनुकूल अवसर मिल जाता है, तो वह एक खास तरीके से कार्य और व्यवहार करने के लिए आप पर दबाव डालता है, भले ही वह बात आपको पसंद हो या न हो। इसकी अंतिम परिणति वह घटना होती है, जो आप अनुभव रूप में लेते हैं, वह अनुभव कैसा भी हो

सकता है, सुखद भी और पीड़ाप्रद भी।

जल्दी ही यह बात साफ हो जाती है कि आपकी प्रत्यक्ष परिस्थिति वास्तविक समस्या नहीं है। आप यह भी समझने लगते हैं कि आपके विचार और आपकी क्रियाएँ किसी सूक्ष्मतर चीज के वशीभूत चल रहे हैं, अर्थात् गहन प्रभावों के। तो ये गहन प्रभाव ही हैं, जिन्हें आपको बड़े ध्यानपूर्वक देखना है और उनमें आवश्यक बदलाव लाने के लिए आवश्यक कार्य करना है।

यहाँ हम एक बिल्कुल व्याहारिक उदाहरण ले रहे हैं। मान लीजिए कि आपके दांपत्य संबंध बड़ी विकट स्थिति में पहुँच गए हैं और आप या तो इससे निकल जाना चाहते हैं या कोई दूसरा साथी तलाशना चाहते हैं। आप बहुत कोशिशें करते हैं, किंतु कुछ नहीं होता। इस पीड़ाप्रद अनुभव से जूझने और इसे जीतने का प्रयास करने की बजाय अपने आप से यह सीधा सा प्रश्न पूछिए, **'इस पीड़ाप्रद अनुभव को मैं कम कैसे कम कर सकता हूँ?'**

1. पहला कदम है समझदारी से इस पीड़ाप्रद अनुभव के होने को कबूल करना। कबूल करने का अर्थ यह नहीं कि इसे अनिच्छा व असंतोष के साथ स्वीकार कर लिया जाए या असहाय भाव से समर्पण कर दिया जाए। पूरी जानकारी और जिम्मेदारी के साथ इसका होना स्वीकार कीजिए। स्वयं से कहिए—यह असंभव है कि मैंने स्वयं एक पीड़ाप्रद अनुभव को चुना हो। किंतु मैं यह बात समझता हूँ कि कोई भी अनुभव किसी गहरे प्रभाव से आता एक प्रकट भाव ही होता है। इस बात का कि मैं वह प्रभाव नहीं खोज पाया हूँ, जिसके कारण यह अनुभव हो रहा है, इसका यह अर्थ नहीं है कि उस प्रभाव का अस्तित्व ही नहीं है। इसका बस इतना ही अर्थ है कि मैं उस प्रभाव से अनभिज्ञ हूँ।
2. दूसरा कदम है कि आप स्वयं में गहरे उतरें (यह कैसे करें—इस बारे में आगे एक अभ्यास में बताया जाएगा) और अपने मन में

बैठे हुए तथा पीड़ाप्रद अनुभव के रूप में प्रकट होने की प्रतीक्षा कर रहे संबंधित गहन प्रभावों की संख्या को खोजें यह कदम बहुत महत्त्वपूर्ण है।

3. तीसरा कदम है कर्म के विधान को समझना। यह कहता है कि कोई भी संस्कार (गहरा प्रभाव) मिटाया नहीं जा सकता। **सभी संस्कार जिज्ञासु द्वारा अवश्य ही अनुभूत किए जाएँगे।** हमारे दैनिक जीवन में कर्म का विधान हमारे मन के भीतर बैठे सभी संस्कारों को लेता है और बाहरी जगत् में ऐसे व्यक्ति या घटना की तलाश में रहता है, जिनके साथ इन प्रभावों या संस्कारों को अनुभव के रूप में जोड़ा जा सके। जब इसे सही व्यक्ति या घटना मिल जाते हैं, तब यह उस व्यक्ति या घटना के प्रति एक खास ढंग से क्रिया करने का दबाव डालता है, जिसका परिणाम सुखद या पीड़ाप्रद अनुभव के रूप में सामने आता है। कर्म के इस विधान पर बहुत ध्यान दीजिए, क्योंकि यही आपको बाधा-चक्र से मुक्त करानेवाला है।

क्षेत्र और क्षेत्रज्ञ का ज्ञान

कृष्ण अर्जुन से कहते हैं, "यह शरीर क्षेत्र कहलाता है और इस क्षेत्र को जाननेवाला क्षेत्रज्ञ। मुझको ही क्षेत्रज्ञ जानो और क्षेत्र में विद्यमान रहनेवाला भी।"

गहन प्रभाव या संस्कार तो क्षेत्र हैं और अनुभवकर्ता है क्षेत्रज्ञ। किसी भी गहन प्रभाव का केवल एक ही उद्देश्य होता है—अनुकूल अनुभव की तलाश। एक बार वह अनुभव हो जाए तो फिर वह गहन प्रभाव आपको परेशान नहीं करता। जब कोई क्षेत्र से अनभिज्ञ व अज्ञानी रहता है, तब कर्म का विधान उसकी बागडोर को अपने हाथ में ले लेता है और आपको वह अनुभव प्राप्त कराने में आपकी सहायता के लिए किसी व्यक्ति या घटना की तलाश में जुट जाता है। किसी भी अनुभव

का उद्देश्य होता है—आपको अपने व्यक्तित्व की सीमाबद्धता से बाहर निकालना और क्षेत्र को क्षेत्रज्ञ के साथ मिला देना। इस प्रकार प्रभाव को किसी व्यक्ति या घटना में से गुजारने की बजाय आप क्षेत्र को क्षेत्रज्ञ के साथ मिला देनेवाले माध्यम बन जाते हैं।

आप ही प्रभाव बन जाते हैं और आप ही अनुभव बन जाते हैं। जब आप ऐसा करते हैं, तब पीड़ापूर्ण अनुभव को और खींचने की आवश्यकता ही नहीं रह जाती। ज्यों ही आप क्षेत्र और क्षेत्रज्ञ को एक कर देंगे, आपकी समस्याएँ तिरोहित हो जाएँगी। तब आपका मिशन पूरा हो चुका होगा। आप क्षेत्र को भी जान चुके होंगे और क्षेत्रज्ञ को भी। आपका दिव्य व्यक्तित्व के साथ तादात्म्य हो चुका होगा।

दिव्य व्यक्तित्व

क्षेत्र को क्षेत्रज्ञ के साथ एकाकार करना

↓ ↓

क्षेत्र **क्षेत्रज्ञ**

गहन प्रभाव ....→................ अनुभवकर्ता

क्षेत्र को क्षेत्रज्ञ के साथ एकाकार करने का एक सरल सा अभ्यास कीजिए। यूँ तो आप इस अभ्यास को दिन में कभी भी कर सकते हैं, फिर भी बेहतर यही होगा कि आप इसे प्रात:काल में करें, किंतु यह सुनिश्चित कर लें कि आप इसे प्रतिदिन पंद्रह मिनट अवश्य करेंगे।

धीरे से आँखें बंद कर लीजिए और स्वयं को शिथिल कर लीजिए। कल्पना कीजिए कि आपके इस जीवन के नियत कार्य पूरे हो गए हैं और अब आपको जाना है। आपने हर काम अपनी योग्यतानुसार अच्छे से अच्छा किया है। कुछ काम ऐसे भी थे, जो आप कुछ भिन्न तरह से कर सकते थे, किंतु फिर भी जो आप कर सकते थे वह आपने किया। अब चलने का समय आ गया है। अब आपको सारा सामान-असबाब

यहीं छोड़ना पड़ेगा, वह चाहे सुखद हो या पीड़ाप्रद। सब कुछ एक तरफ छोड़कर अब कल्पना कीजिए कि आप गंगा के किनारे अकेले पैदल अपने आप में बड़े ही शांत भाव से चले जा रहे हैं। आप एक ऐसे स्थान पर पहुँच जाते हैं, जहाँ से इस पवित्र नदी के पीछे हिमालय के भी दर्शन हो रहे हैं। आप वहाँ बैठ जाते हैं और अपने आप में गहरे उतर जाते हैं।

नदी के प्रवाह को निहारते हुए आप बड़ी संतुष्टि की अनुभूति करते हैं।

गंगा-तट पर ध्यानमग्न बैठने से आप बड़ी प्रसन्नता महसूस करते हैं।

हिमालय के मंत्रमुग्ध कर देनेवाले दृश्य का आनंद लेते हुए आप उत्प्रेरित महसूस करते हैं।

आप बड़ी राहत महसूस करते हैं कि इस संसार में कुछ भी स्थायी नहीं है।

यह जान कर आपको संतोष अनुभव होता है कि दुःख और पीड़ा जीवन में ठहराव के कारण आते हैं। जो निरंतर प्रवाह में रहता है, गतिशील रहता है वह कभी दुःख नहीं उठाता, पीड़ा में से नहीं गुजरता।

यह जानकर आप स्वयं में बड़ी शांति महसूस करते हैं कि पवित्रता की नदी आपके भीतर अनवरत और अबाध रूप से बह रही है।

यह जानकर आप प्रशांतता अनुभव करते हैं कि पवित्रता की नदी अपनी गति के साथ सबकुछ ले जाती है—दुःख, सुख, अज्ञानता तथा जीवन के अन्य सभी एहसास और स्थितियाँ वह कुछ नहीं छोड़ती, कुछ भी नहीं, आप इसके प्रति पूरी सजगता महसूस करते हैं कि घटनाओं के घटित होते रहने के बीच भी आप के भीतर कुछ है, जो न तो दुःखी होता है और न ही पीड़ा में से गुजरता है।

सरित्प्रवाह के सुंदर परिदृश्य पर थमीं आँखों के साथ आप अपने भीतर के क्षेत्र पर ध्यान लगाते हैं। पूरी तरह प्रशांतता और पुनीतता महसूस

करते हुए आप अपने भीतर बैठे सभी गहन प्रभावों को बाहों में भर लेते हैं, सुखद को भी और पीड़ाप्रद को भी। जैसे माँ अपने बालक को अपने शरीर से चिपटाए रखती है, उसी तरह आप अपने प्रभावों को ध्यानपूर्वक देखते हैं। सुखद प्रभावों में आप प्रसन्न होते हैं और पीड़ाप्रद प्रभावों में प्रेम व करुणा के साथ उनसे पार हो जाते हैं। क्षेत्रज्ञ की कुशल चतुराई द्वारा आप वे सभी गाँठें बाँध देते हैं जो कि प्रभावों और अनुभवकर्ता को संयुक्त कर देने के लिए आवश्यक हैं। सिंह जैसा साहस और हजारों देवदूतों का प्रेम अपने साथ लिये हुए, आप ही नितांत प्रभाव बन जाते हैं, आप ही नितांत अनुभव बन जाते हैं। आप प्रभाव के अर्थ में समाहित हो जाते हैं। आप प्रभाव के अनुभव के माध्यम से जीते हैं। आप दिव्य व्यक्तित्व हो जाते हैं। फिर किसी पीड़ाप्रद अनुभव की आवश्यकता ही नहीं रह जाती। फिर किसी समस्या के अस्तित्व की आवश्यकता ही नहीं रह जाती। आपने अनासक्ति के विधान को सिद्धहस्त कर लिया होता है और आसक्ति के दोषों पर पार पा लेने में अपने मन को दक्ष कर लिया होता है।

अब अपनी आँखें खोल लीजिए और एक नोटपैड ले लीजिए। अनासक्ति योग के निम्नलिखित आठ रहस्य उसमें लिखिए—

1. किसी चीज को छोड़ देना, किसी संबंध को तोड़ देना या किसी इच्छा से मुँह मोड़ लेना अनासक्ति नहीं है।
2. अनासक्ति तो अपने मन में प्रभावों के क्षेत्र का अवलोकन करने और इन प्रभावों को किसी भावी घटना के माध्यम से अनुभव करने की आवश्यकता को त्याग देने का योग है।
3. जब मैं अपने मन में प्रभावों के क्षेत्र को बड़े ध्यान से देखता हूँ, तब मैं अनुभव का कारक बन जाने के द्वारा और प्रभाव के अर्थ में समाहित हो जाने के द्वारा किसी भी पीड़ाप्रद अनुभव को कम करने की शक्ति संरक्षित कर लेता हूँ। जब-जब मैं प्रभाव को भावी अनुभव के साथ विलय कर देनेवाले योग का अभ्यास करता हूँ,

तब मैं यह बताना चाह रहा होता हूँ कि अनासक्ति के विधान में मैं सिद्धहस्त हो गया हूँ और यह भी कि आसक्ति के दोषों पर मैंने विजय प्राप्त कर ली है।

4. इस बात पर मैं विश्वस्त हूँ कि ईश्वर इतना बुद्धू नहीं है कि मेरे द्वारा कभी पहले अनजाने में किसी को पहुँचाई गई पीड़ा के बदले मुझे पीड़ाप्रद अनुभव कराने हेतु वह चाहेगा कि कोई ट्रक मुझे टक्कर मार जाए या कोई व्यक्ति मेरे साथ ठगी कर जाए या कोई मेरा फायदा उठा जाए। ईश्वर तो पूर्ण प्रज्ञा है। और, प्रभावों का क्षेत्र मेरा अपना बनाया हुआ है। यदि मैंने पीड़ाप्रद प्रभाव का बीज बोया है तो कर्म का विधान तो बस इतना करता है कि किसी सुसंगत अनुभव के साथ उसे जोड़ देता है।
5. अनासक्ति योग का अभ्यास मुझे कर्म के विधान से मुक्त रखता है। कर्म का विधान उन बहुसंख्यक प्रभावों के माध्याग से अपना काम करता है जो मेरे मन में भरे हैं। जब मैं प्रभावों को अनुभव के साथ विलय करने के योग में दक्ष हो जाता हूँ, तब कर्म के विधान को मुझ पर प्रभुत्व जमाने की नौबत नहीं आती, तब मैं अपना प्रभुत्व स्वयं हो जाता हूँ। जो पीड़ा किसी भावी घटना या व्यक्ति के माध्यम से मेरे द्वारा अनुभूत की जानी प्रत्याशित थी, उसकी फिर कोई आवश्यकता नहीं रह जाती है, क्योंकि मैं ही पीड़ा के अनुभव का माध्यम बन चुका होता हूँ।
6. **जिसे भाग्य या प्रारब्ध कह दिया जाता है, वह कुछ और नहीं, बल्कि ऐसे अनदेखे और अनजाने प्रभाव हैं, जो कि स्वयं को अनुभव के रूप में अभिव्यक्त करने के लिए प्रतीक्षा में हैं।** यदि प्रभाव के क्षेत्र का अवलोकन करने के और दी जा रही पीड़ा के आशय के अर्थ को ईमानदारी से महसूस करने के योग का मैं अभ्यास करूँ तो मैं अपना भाग्य, अपना प्रारब्ध बदल सकता हूँ और भविष्य में होने वाले पीड़ाप्रद अनुभवों पर विराम लगा सकता हूँ।

7. कृष्ण अर्जुन से कहते हैं, ''तुम्हारी अपनी प्रकृति से आबद्ध कार्य भले ही खराब हों, किंतु वे त्याज्य नहीं हैं, क्योंकि सभी कार्यों में कुछ-न-कुछ दोष इस प्रकार रहते ही हैं। जैसे कि अग्नि में धुओं का कार्य तो उनका उद्देश्य रहता है, जो योग के शिखर पर पहुँचना चाहते हैं और अनासक्ति उनका, जो कि योग के शिखर पर पहुँच गए हैं।''
8. मेरा यह अन्वेषण है कि अनासक्ति योग वह प्रक्रिया है, जो सतत सुधार के माध्यम से परिपूर्ण को पाना अपना लक्ष्य बनाए रखती है। अज्ञानी जिसे 'कार्य' कहते हैं और जिसे ऐसा साधन मानते हैं, जिसके द्वारा इच्छाओं के सहारे व्यक्ति आसक्त हो जाता है, ज्ञानीजन उसे 'अनासक्ति की शक्ति' कहते हैं। **जब मेरा मन निम्न तरंग पर रहता है, तब मैं जो भी कार्य करता हूँ, वह इच्छाओं द्वारा प्रभावित रहता है; और जब मेरा मन उच्चतर तरंग पर रहता है, तब इच्छा के कारक मुझ पर हावी नहीं हो पाते हैं।** अनासक्ति योग में अभ्यस्त हो जाने के बाद मैं कार्य करने में स्वतंत्र हो जाता हूँ। किंतु जब मैं आसक्ति के दोषों को पहचानने में विफल रहता हूँ, तब कार्य मेरे लिए बंधन हो जाता है।

जो गतिविधियों को तो करना बंद कर दे, किंतु उनके बारे में सोचना बंद न करे, वह कुछ भी प्राप्त नहीं कर पाता है, वह केवल एक आडंबरी और दंभी व्यक्ति बनकर रह जाता है। अज्ञानीजन जिसे कुछ प्राप्ति और परिणाम की लालसा से करते हैं, ज्ञानीजन उसे अनासक्ति योग की दक्षता की दृष्टि से करते हैं।

—स्वामी विवेकानंद

□

अध्याय पाँच

एक रहस्यमय शब्द, जो आपको परम-आत्मा को प्राप्त करने में सहायक होगा

कृष्ण अर्जुन से कहते हैं, ''जब मैं मनुष्य रूप में अवतरित होता हूँ, तो मूर्ख मेरा उपहास करते हैं, क्योंकि वे मेरे दिव्य स्वभाव को नहीं जानते।''

इससे पहले कि मैं वह रहस्यमय शब्द आपको बताऊँ, मानव-सामर्थ्य से जुड़े कुछ बुनियादी प्रश्नों के उत्तरों को समझ लेना महत्त्वपूर्ण है।

1. वह क्या है, जिसके बारे में ज्ञानीजन जानते हैं कि आप उसे नहीं जानते?
2. ज्ञानीजनों के सर्वश्रेष्ठ संदेशों में से कुछ को ग्रहण करने व आत्मसात करने में हम विफल क्यों रह जाते हैं?

यद्यपि कुछ पिछले अध्यायों में हम इस पर विशद चर्चा कर आए हैं, तथापि अपने जीवन की कुछ घटनाओं को मैं यहाँ जोड़ना चाहूँगा, जो प्रज्ञा की इन महत्त्वपूर्ण बातों को याद रखने और इन पर काम करने का साधन उपलब्ध कराएँगी। 26 वर्ष की आयु में मैं फॉरचून 500

नामक एक बड़ी कंपनी में काम करने के लिए अमेरिका चला गया था। वहाँ पैर रखते ही जिस सबसे बड़ी समस्या का मुझे सामना करना पड़ा, वह थी भोजन की समस्या। मैं शाकाहारी था, और कुछ भारतीय भोजन लेने का आदी था। वैसे तो मैं पिट्सबर्ग में रहता था, किंतु वहाँ जो कुछ भारतीय रेस्टोरेंट थे, वे उस जगह से दूर थे, जहाँ मैं रहा करता था। और भारत की तरह ये रेस्टोरेंट नाश्ते आदि के लिए सारे दिन न खुले रहकर केवल लंच व डिनर के लिए ही खुला करते थे।

तो अमेरीका में नाश्ता पाना मेरे लिए एक समस्या बन गया। भारत में अपने घर पर रहते मुझे भोजन के बारे में कभी सोचना ही नहीं पड़ा था। नाश्ता, लंच, डिनर सब समय पर तैयार मिलता था। मैं इस बात का इतना आदी हो गया था कि मुझे लगा कि जहाँ कहीं भी मैं जाऊँगा, वहाँ मेरे भोजन की व्यवस्था करनेवाला कोई-न-कोई तो होगा ही। जब आपको कोई सुविधा लंबे समय तक मिलती रहती है, तब आप यह मान बैठते हैं कि यह तो मिलती ही है। तो भोजन तो करना ही था, इसलिए अपना नाश्ता और कभी-कभी भोजन भी खुद ही बनाने के अलावा मेरे सामने और कोई विकल्प नहीं था।

असफल होने का नुस्खा

मैं भिंडी खाने का बहुत शौकीन था। इसे भारत में रामतुरई भी कहते हैं। तो मैं स्टोर से सब्जी ले आया और मेरी माँ ने उसे बनाने की विधि, जो ईमेल से भेजी थी उसका मैंने प्रिंट आउट भी निकाल लिया। इस प्रकार मेरा पाक कला का अभियान आरंभ हुआ। पाक विधि में लिखी हुई एक-एक बात का मैंने अनुपालन किया, सिवाय एक के। माँ ने बताया था कि मैं आँच को मंदा रखूँ, किंतु मैंने सोचा कि यदि आँच तेज रहेगी तो खाना जल्दी पकेगा। इसलिए मैंने आँच को तेज कर दिया और नहाने चला गया। जब मैं लौटकर आया, तो मैं हैरान रह गया। भिंडी बिल्कुल जल-भुन गई थी, क्योंकि मैं उसे तेज आँच पर रखा

छोड़ गया था। मुझे अपने आप पर बड़ी झुँझलाहट आई, किंतु समझ नहीं पाया कि मैंने गलती क्या कर दी थी। यहाँ आपके समझने के लिए महत्त्वपूर्ण बात यह है कि मैं यह गलती छह महीने तक करता रहा, हालाँकि माँ ने मेरी इस गलती की तरफ इशारा भी किया था। पर इस गलती को सुधारने की मैंने कभी परवाह ही नहीं की। आँच को कभी मैं थोड़ा कम करता भी था तो फिर से तेज कर देता था। मैं असफल होने के नुस्खे पर अमल कर रहा था। इसके पीछे की यह बात मैं समझ ही नहीं पाया था कि खाने को ठीक तरह से पकने के लिए उसे मंदी आँच पर रखा जाना आवश्यक है।

जीवन के अन्य पहलुओं के बारे में भी मैं असफल होने का यही नुस्खा आजमाता रहा था, अपने कॅरियर में, स्वास्थ्य संबंधी मामलों में और संबंधों में भी। मैं कुशाग्रबुद्धि था और बेहतर करने के लिए तत्पर भी, किंतु मुझमें एक कमी थी, सूत्र के सार को ग्रहण करने में मैं विफल रहा था। **तब 'क्यों' की बजाय 'कैसे' मुझे अधिक महत्त्वपूर्ण लगता था।** मानव चेतना की शक्ति की तुलना में विचार, शब्द और अनुदेश मुझे अधिक सबल और सशक्त लगा करते थे।

तंत की बात

यह वही समय था, जिन दिनों मैंने महान् दार्शनिक रामकृष्ण परमहंस का दर्शन-साहित्य पढ़ना शुरू किया था। उनके उपदेशों के बारे में लिखी गई पुस्तकों में सबसे लोकप्रिय रही है—'रामकृष्ण के उपदेश'। दरअसल, यह पुस्तक उनकी दिन-प्रतिदिन की घटनाओं का वर्णन है। जटिल विषयों को समझाने के लिए वे अकसर सरल कथा-कहानी सुनाया करते थे। एक दिन उनके साथ बातचीत के दौरान उनके एक शिष्य ने उनसे पूछा, ''इस ब्रह्मांड की संपूर्ण शक्ति का स्रोत क्या है?''

रामकृष्ण ने बताया, ''जब तुम चूल्हा जलाकर उस पर सब्जियाँ

पकाते हो तब सब्जियाँ यही समझती प्रतीत होती हैं कि वे स्वयमेव उबल रही हैं। जब तक आँच जलती रहती है, तब तक सब्जियाँ नर्तन करती रहती हैं, किंतु जिस पल आप आँच बुझा देते हैं, उसी पल उनका नृत्य भी थम जाता है। सारी शक्ति तो आँच में ही थी। सारी शक्ति उस एक परम बल में ही है। जब हम घटनाओं में, प्रपंच में निमग्न रहते हैं तब हम यही सोचने में प्रवृत्त रहते हैं कि यह बल हममें से ही प्रस्फुटित हो रहा है। यही वह भूल है, जो इस संसार को दौड़ाए रखती है। अपनी शक्ति के स्रोत को पहचानने और स्वीकार करने में हम ठीक उसी तरह विफल रहते हैं, जिस तरह सब्जियाँ आँच की शक्ति को नहीं पहचान पाती हैं। हमारे मस्तिष्क को प्रज्ञा एक उच्चतर स्रोत से प्राप्त होती है। अपने उस स्रोत को जानो, उसे पहचानो, प्रतिदिन उसका आदर-अभिनंदन करो और फिर जो होगा सब ठीक होगा।''

मानव चेतना की शक्ति

पिछले अध्याय में हमने दिव्य व्यक्तित्व के बारे में चर्चा की है और साथ ही यह भी देखा है कि अपने व्यक्तित्व के दिव्य पक्ष को पहचानना और उसके साथ कुछ समय व्यतीत करना इतना महत्त्वपूर्ण क्यों है। इस अध्याय में हम दिव्य व्यक्तित्व की विशिष्टताओं के बारे में चर्चा करेंगे और यह भी कि प्राचीन प्रज्ञान के सार को आत्मसात करने में और सतत सफलता के सूत्र को जानने में यह कैसे आपकी सहायता कर सकता है।

क्या कभी आपने किसी बीज पर ध्यान दिया है? नन्हा सा, नाजुक सा। और कभी कोई अंकुर देखा है? वह कितना कोमल होता है, किंतु फिर भी वह कड़ी और कठोर जमीन को फोड़कर बाहर फूट आता है। कैसे एक नन्हा बीज और कोमल अंकुर इतनी प्रबल धरती को रास्ता देने के लिए मजबूर कर देते हैं। इसका रहस्य क्या है?

कृष्ण यह रहस्य अर्जुन को प्रकट करते हैं, ''जब मैं मनुष्य रूप

में अवतरित होता हूँ तो मूर्ख मेरा उपहास करते हैं, क्योंकि वे मेरे दिव्य स्वभाव को नहीं जानते। जब-जब धर्म का पतन होता है और अधर्म प्रबल हो जाता है, तब-तब मानव कल्याण के लिए मैं प्रकट होता हूँ।''

गुणातीत (जिसे भावातीत, अनुभवातीत, इंद्रियातीत और transcendence भी कहते हैं) वह शब्द है, जो रहस्यपूर्ण भी है और जिसके अर्थ के साथ अकसर अनर्थ भी किया जाता है। यदि आप इस शब्द के सार को ग्रहण कर लें तो सबकुछ ठीक हो जाता है।

सभी धर्मगुरु हर व्यक्ति में विद्यमान इस विशिष्टता से अवगत रहे हैं। पिछले अध्यायों में हम गुणातीत योग के बारे में बता चुके हैं, इसलिए मैं यहाँ यह विधि बताने नहीं जा रहा हूँ कि गुणातीत योग कैसे करें, और न ही मैं गुणातीत योग को किसी परिभाषा में लपेटना चाहता हूँ। मैं तो केवल आपके समक्ष गुणातीतता के बारे में सात विशेष बातों का उल्लेख करना चाहता हूँ, जो कि आपको इस रहस्यमय शब्द के सार तत्त्व को आत्मसात करने में सहायता करेंगी और उसके बाद आपके लिए मुख्य बातें बता रहा हूँ।

1. **जीवन का सौंदर्य गुणातीत में समाहित है।** देखने, सुनने और महसूस करने की क्षमता ही अवलोकन करने और जानकारी हासिल करने के अकेले साधन नहीं हैं। मानव चेतना के उच्चतर और श्रेष्ठतर स्तर भी हैं, जो सोच की किसी प्रतिक्रियात्मक शैली पर आधारित नहीं हैं। जब आप इन चैनलों (उन चार समानांतर लोकों) में पहुँचते हैं, तब आप समस्या के मूल कारण के सीधे-सीधे संपर्क में आ जाते हैं; और फिर वहाँ आपके चारों ओर विद्यमान तरंग किसी समस्या को पूरी तरह देखने-समझने देती है।
2. गुणातीतता में कोई बाधा नहीं आती। कोई भी और सभी इसे कर सकते हैं। जितनी उच्चतर आपकी तरंग होगी, उतनी ही

उच्च आपकी गुणातीतता होगी।

3. गुणातीत होने का संकल्प आपकी दैनिकचर्या का भाग होना चाहिए। भले ही सारे संसार के द्वार आपके लिए बंद हो जाएँ, किंतु गुणातीत होने का द्वार आपके लिए सदा खुला रहता है। इसके लिए अपने श्रेष्ठ समय को बचा कर रखिए।
4. गुणातीतता पूर्णता को अपना लक्ष्य नहीं बनाती। यह तो उत्तरोत्तर उन्नति को अपना लक्ष्य बनाती है।
5. विचारों का उत्थान गुणातीतता का मूलमंत्र है। हम त्रुटि से सत्य की ओर नहीं जाते हैं, बल्कि निम्नतर सत्य से उच्चतर सत्य की ओर जाते हैं।
6. जिसने गुणातीतता में महारत हासिल कर ली हो, वह ससीम से असीम हो जाता है। उसके लिए फिर कोई चहारदीवारी नहीं रह जाती। आपके वर्धन के साथ-साथ आपकी चेतना भी ऊँची होती जाती है।
7. आपके विचार आप नहीं हैं। आपके हालात आप नहीं हैं। आपके अनुभव आप नहीं हैं। **आप उतने ही उत्तम होते हैं, जितना गुणातीत होने की आपकी क्षमता होती है।**

जैसा कि हमारे अधिकांश सम्मानित धर्मगुरुओं की शिक्षाओं में उल्लेख है, गुणातीत होना ही एकमेव महानतम् कौशल है। उन सब ने भी गुणातीत होने की अद्भुत क्रिया में पारंगतता प्राप्त की थी। आप में भी पृथ्वीलोक, चंद्रलोक, द्युतिलोक को पार करते हुए ब्रह्मलोक में जाने की शक्ति है। जब आप गुणातीत योग में पारंगतता प्राप्त कर लेते हैं, तब कर्म का विधान, काल का विधान और प्रकृति का अन्य कोई भी विधान आपको बाँध नहीं पाता है।

उस सुकोमल अंकुर का उदाहरण याद रखिए और यह भी याद रखिए कि कैसे वह कड़ी और कठोर धरती का सीना फाड़कर बाहर

निकल कर अपना सर उठाता है।

गुणातीत होना आपके अस्तित्व और व्यक्तित्व का वही दिव्य पक्ष है। हर एक गुणातीत हो सकता है और हर एक को गुणातीत होना चाहिए।

कृष्ण अर्जुन से कहते हैं, "यह जान लो कि योग इस प्रकार से किया जाए कि वह अनुभूत दुःख से विलगाव करनेवाला हो। यह योग हौले-हौले ऐसे मन से किया जाए जो उदास न हो, अवसादग्रस्त न हो।"

उत्तरोत्तर उन्नति को लक्ष्य बनाओ, पूर्णता को नहीं। कृष्ण कहते हैं, "जाने का अर्थ ही है आगे जाना।"

यहाँ मैं एक और कारगर अभ्यास दे रहा हूँ।

जीवन को बदल देनेवाला अभ्यास

नीचे दिए गए दृश्य की प्रतिदिन पाँच मिनट तक कल्पना कीजिए :

एक छोटी सी मछली पानी में अपने शत्रुओं से बचकर निकल भागना चाहती है। वह ऐसा कैसे करे ? मान लीजिए कि अगले पल इस नन्ही सी मछली की जान जाने ही वाली है, क्योंकि एक बड़ी मछली इसे निगलने के लिए तैयार है। ऐसे में इस नन्ही मछली का अंतिम विचार क्या हो सकता है ? कुछ संभव विचारों को सोचिए।

................................(?)

................................(?)

मछली ने सोचा

'अगर मैं जानती कि पंख कैसे विकसित किए जाते हैं तो मैं एक चिड़िया बन जाती और इस जल-जगत् के शत्रुओं से बचकर कहीं दूर उड़ जाती।'

ध्यान दीजिए कि उस नन्ही मछली ने क्या सोचा। उसने सोचा, 'यदि मैं पंख विकसित कर सकती और चिड़िया बन जाती तो उड़ कर

फुर्र हो जाती।' मछली ने यह नहीं कहा है कि वह अपने चारों ओर मंडराती तमाम बड़ी-बड़ी मछलियों से अपना पीछा छुड़ाना चाहती है या अपने आसपास के परिवेश को बदलवाना चाहती है। उसकी रुचि तो स्वयं को विकसित करने में थी।

मछली की मंशा पानी या हवा में बदलाव लाने की नहीं थी, बल्कि अपने आप में बदलाव लाने की थी। परिवर्तन सदैव आत्मनिष्ठ, व्यक्तिनिष्ठ होता है।

हर समस्या के दो पहलू होते हैं।

व्यक्ति—अर्थात् आप।

वस्तु-परिवेश और परिस्थितियाँ, जो आपके विकल्पों को सीमित कर देती हैं या भ्रमित कर देती हैं।

आप समूचे वस्तुनिष्ठ वातावरण को नहीं जीत सकते। अपने जीवन में आपके सामने आनेवाले हर व्यक्ति को, हर समस्या को, हर अप्रिय घटना को आप निकाल बाहर नहीं कर सकते। तो फिर आप क्या करें?

आप उस नन्ही मछली की तरह पंख विकसित करें और चिड़िया बन जाएँ।

आप 'मानसिक युद्ध को जीतें'।

कृष्ण अर्जुन से कहते हैं, "बारंबार किए जानेवाले उद्यम से ज्ञान श्रेष्ठ है। ज्ञान से ध्यान श्रेष्ठ है। और ध्यान से श्रेष्ठ कर्मफल का संन्यास है। हे अर्जुन, कर्मफल-संन्यास का यह संन्यास गुणातीत होने से प्राप्त होता है और व्यक्ति को अविलंब शांति व शक्ति प्राप्त करने में सहायक रहता है।

"सदा मुझे स्मरण रखो और युद्ध करो। अपने मन व बुद्धि को मुझ पर केंद्रित रखो। समस्त संदेहों को दूर करके तुम मुझे निश्चित ही पा सकते हो, क्योंकि तुम मुझे प्रिय हो।"

गुणातीत योग

प्रथम चरण : प्रकृति की त्रिगुणी माया को जानिए।

↓

द्वितीय चरण : अपने मन की तरंग को उत्तुंग करके उस त्रिगुणी माया से मुक्त हो जाइए।

↓

तृतीय चरण : अपने मन के प्रभाव क्षेत्र का अवलोकन करने का अभ्यास कीजिए।

↓

चतुर्थ चरण : अनुभव का माध्यम बन कर और पीड़ाप्रद प्रभाव को अनुभव में लय करके कर्म के विधान के बंधन से मुक्त हो जाइए।

↓

पंचम चरण : चारों समानांतर लोकों तक पहुँचने का अभ्यास कीजिए। चंद्रलोक और द्युतिलोक से परे ब्रह्मलोक में जाइए।

↓

षष्ठम चरण : जब सारा संसार आपके लिए द्वार बंद कर चुका हो, तब भी उपर्युक्त पाँचों चरणों को याद रखिए और साहसपूर्वक इनका अभ्यास कीजिए। लक्ष्य उत्तरोत्तर उन्नति का रखिए, पूर्णता का नहीं।

↓

सप्तम चरण : आप कार्य करने के लिए स्वतंत्र हैं। आप कोई भी संबंध बनाने या साहचर्य के लिए स्वतंत्र हैं। आप कभी विनष्ट नहीं हो सकते। आप कभी प्रभावित नहीं हो सकते। आप सदा-सर्वदा संपूर्ण हैं। आप पुरुष हैं।

□

अध्याय छह

यह असंभव है कि मानव काम-लोलुप हो जाएँ

कृष्ण अर्जुन से कहते हैं, "अपने अत्यंत दुराचारी स्वभाव के बाद भी जो अनन्य भाव से मेरी भक्ति करता है, उसे साधु मानना चाहिए, क्योंकि वह अपने संकल्प में अडिग है।"

कृष्ण कहते हैं कि यह असंभव है कि आप कभी काम-लोलुप हो सकें। आपके अंदर जो विपरीत लिंग के प्रति आकर्षण को उछालता है, वह तो कामदेव का कारिंदा है। आप कामदेव के कारिंदे नहीं हैं। कृष्ण का इस बात से कोई सरोकार नहीं है कि आप विगत में कितनी बार कामासक्त हुए हैं। उनके अनुसार यह महत्त्वपूर्ण नहीं है। आत्मा इतनी छुई-मुई नहीं होती कि एक कामुक विचार से प्रभावित हो जाए। **महासागर की प्रशांतता कुछ चंचल लहरों से विक्षुब्ध नहीं हो जाती।**

कृष्ण तो आपको बस जगाना, उत्प्रेरित करना चाहते हैं। वे आपके विचारों में एकरूपता चाहते हैं। यह एकरूपता विभिन्न लहरों पर भिन्न-भिन्न दिशाओं में नर्तन करते रहने से नहीं आती। यह तभी पाई जा सकती है, जब आप अपने मन की तरंग को उत्तुंग करें और उसे महासागर की विराट्ता में वास करने दें।

"अपराध-भावना से ग्रस्त कभी मत होओ," कृष्ण कहते हैं।

दुराचरण या दुर्विचार जैसी कोई चीज नहीं होती। केवल बुरे कारिंदे होते हैं, जो प्रकृति के निम्नतर स्वभाव का प्रतिनिधित्व करते हैं। आप प्रकृति नहीं हैं। आप निर्मल तथा विशुद्ध हैं और आप कभी मलिन या अशुद्ध नहीं हो सकते। किसी हीरे को यदि वर्षों तक कूड़े में डाले रखा जाए, तो भी वह अपनी कांति और चमक खो नहीं देता। ज्यों ही आप उस पर से धूल हटाएँगे, त्यों ही वह पुनः द्युतिमान हो उठता है।

दुष्टता का कारिंदा जब भी आप पर हावी हो, तो दो काम कीजिए—

1. उस समय अपने आप को याद दिलाइए कि आपका मन निम्नतर तरंग पर अवस्थित है।
2. शांतता व मौन में बैठ जाइए और अपने मन की तरंग को उत्तुंग कीजिए।

यदि आप इन दो कामों को करेंगे तो तुरंत पाएँगे कि आप एक विराट् आत्मा हैं। कामुकता के विचार और कुछ नहीं, बल्कि मानवीय विचारणा की चंचलता है, जो कि प्रकृति के निम्न स्तरीय कारिंदों की संगति से पैदा होती है।

''काम और क्रोध के साथ बह जाने वाले, दंभ और घमंड में चूर रहनेवाले, शास्त्रोक्त विधान से इतर पूजा-पाठ करनेवाले··· ऐसे बुद्धिहीन मूर्ख ज्ञानेंद्रियों को दुर्बल करते हैं और आत्मा को उत्पीड़ित करते हैं। हे अर्जुन, ऐसे लोगों को आसुरी मानो,'' कृष्ण उद्घोषित करते हैं।

''तुम भोग-विलास की विचारणा की मस्ती करने इस संसार में आए हो, ऐसा मान कर स्वयं को मूर्ख मत बनाओ,'' कृष्ण अपने संदेश को जारी रखते हुए कहते हैं। आप अपने आप को कितनी भी दिलासा दे लें, किंतु एक दिन आपको इससे पार और परे जाना ही होगा। अतः आप इसकी शुरुआत जितना शीघ्र कर देंगे, एक श्रेष्ठ जीवन जीने का

उतना ही बड़ा लाभ प्राप्त करेंगे।

कृष्ण बताते हैं, ''मेरा मन अत्यंत दुखित होता है, जब तुम काम और तृष्णा के कारिंदों से निकटता बढ़ाते हो, जो कि लोगों को बुद्धिहीन व मूर्ख बताते हैं, क्योंकि वे सारा दिन तरह-तरह की पूजा में लगे करते हैं, कुछ बिना आलस्य कर्मठता द्वारा और अन्य प्रेम व स्नेह द्वारा।''

अंत में काम व तृष्णा का कारिंदा हम पर हावी हो जाता है और हम पतित हो जाते हैं। हमारे मन की तरंग भी निम्नतर हो जाती है और हम विचार-कर्म-परिणाम के दुष्चक्र में फँस जाते हैं। कृष्ण ऐसा न करने की सलाह देते हैं। वे कहते हैं कि जब भी यह कारिंदा आपसे खिलवाड़ करने आए, आप उनका स्मरण करें। यह समझ लीजिए कि काम व तृष्णा के कारिंदे के सामने झुक जाने से आप कृष्ण के आदेशों और उपदेशों को विनष्ट कर रहे हैं।

कृष्ण के ज्ञान की महिमा को, क्राइस्ट के संदेश के प्रेम को और बुद्ध के आत्म-त्याग की सरलता को विनष्ट करना कौन चाहेगा?

स्वयं से कहिए, 'आप ही हैं, जिसके लिए संसार के फूल खिलते हैं, कृपया मेरे ये कुछ मामूली फूल स्वीकार कीजिए। आप ही हैं, जो संसार को खिलाते हैं, फूलों की ये मेरी तुच्छ भेंट स्वीकार कीजिए। न तो मैं जानता हूँ कि पूजा कैसे की जाती है और न ही यह जानता हूँ कि आपसे याचना कैसे की जाती है। मेरी पूजा में यदि कुछ अच्छा हो तो वह आप ही का दिया हुआ है…मुझे केवल प्रेम प्रदान कीजिए। वह प्रेम, जो कभी कुछ चाहता नहीं है। वह प्रेम, जो कभी कुछ माँगता नहीं है, ऐसा प्रेम…बस प्रेम…प्रेम।

कृष्ण आगे सलाह देते हैं, ''जो आरंभ में विष, किंतु अंत में अमृत हो, उसे तुम सर्वोत्तम कोटि का मानो। और जो आरंभ में अमृत, किंतु अंत में विष निकले, उसे तुम निम्न कोटी का मानो।''

एक नोटपैड लीजिए और उसमें निम्नलिखित आठ बातें लिख

लीजिए। इन्हें प्रतिदिन एक बार पढ़ना मत भूलिए—

1. यह असंभव है कि मैं कामासक्त हो जाऊँ।
2. यह असंभव है कि मैं अपराध बोध से ग्रस्त हो जाऊँ।
3. यह असंभव है कि मैं कभी भी अशुद्ध और अपवित्र हो जाऊँ।
4. संसार में केवल एक ही पाप है। पाप के बारे में विचार करते रहना सबसे बड़ा पाप है।
5. मैं विगत् विचार नहीं हूँ। मैं विगत अनुभव भी नहीं हूँ। अनुभव और विचार मेरे वास्तविक स्वरूप को कभी विद्रूप नहीं कर सकते।
6. पीड़ाप्रद और आपराधिक भावनावाले विचारों से अपने जुड़ाव को छोड़ देने के लिए और अपने व्यक्तित्व के महानतर अंश को गले लगा लेने के लिए मैं स्वतंत्र हूँ।
7. मैं यह स्मरण रखूँगा कि जब भी काम व तृष्णा का कारिंदा मुझ में प्रवेश करना चाहेगा तो वह मेरे उस परम प्रिय ईश्वर को आघात होगा, जिसे मैं पूजता हूँ।
8. कृष्ण चाहते हैं कि मैं उत्प्रेरित होऊँ, इसलिए मैं वैसा ही होऊँगा।

□

अध्याय सात

ईश्वर ने इस ब्रह्मांड की रचना कैसे की

जब मैंने गीता का अध्ययन किया और मनन किया कि ईश्वर ने इस ब्रह्मांड की रचना कैसे की तो मुझे इस बात के अलावा अन्य बातें फालतू की लगने लगीं।

—अल्बर्ट आइंस्टाइन

कृष्ण अर्जुन से कहते हैं, ''इस सृष्टि का आदि मैं हूँ, मध्य भी मैं हूँ और अंत भी मैं ही हूँ। जीवों का आदि अव्यक्त रहता है। उनका मध्य व्यक्त रहता है। और, अंत पुनः अव्यक्त हो जाता है। समस्त जीव एक चक्र पूरा करके मेरी प्रकृति में आ मिलते हैं और उनके अगले चक्र के लिए मैं उन्हें पुनः छोड़ देता हूँ।''

कृष्ण बताते हैं कि 'रचना' शब्द के अर्थ को प्रायः गलत समझा जाता है, कुछ बड़े-बड़े विद्वानों द्वारा भी। वे इंगित करते हैं कि 'रचना' को केवल तभी समझा जा सकता है कि जब आप आत्मा के विज्ञान के सुविज्ञ हो जाएँ और कर्म के सिद्धांत को परख-पहचान लें।

बहुत से लोग यही विचारते रहते हैं कि ईश्वर ने इस सृष्टि की रचना कब और कैसे की। किंतु कृष्ण का कहना है कि **यह प्रश्न ही भ्रामक और भटकानेवाला है कि ''इस ब्रह्मांड का आरंभ कब हुआ?''** यह प्रश्न आपको ऐसा सोचने पर विवश कर देता है कि हर

चीज का आदि भी है और अंत भी। जबकि इसमें सत्यता नहीं है। कृष्ण बताते हैं कि जिस चीज का अस्तित्व ही नहीं था, उसका अतिरिक्त रूप से आ जाना रचना नहीं है, रचना तो हमेशा ही उस चीज का प्रकट होना होता है, जिसका अस्तित्व पहले से ही था।

किसी ऐसी चीज की रचना करना असंभव है, जो किसी-न-किसी रूप में पहले से ही अस्तित्व में नहीं थी।

रचना दो चीजों का संयोजन होती है—एक तो ऐसी चीज, जो पहले से अस्तित्व रखती है और परिवर्तन का विषय नहीं होती और दूसरी वह जो बाद में जोड़ी गई हो और परिवर्तन के योग्य हो।

इस उदाहरण पर गौर कीजिए। एक कार को लीजिए, जिसे बनाया गया है। कोई भी कार दो चीजों का संयोजन होती है। एक है कार का विचार, जो उसके बनने से पहले अस्तित्व में था और दूसरा, तरह-तरह के वे कल-पुरजे, जो एकत्र जुड़कर एक ऑटो के रूप में सामने आए। कार के पुरजे और अन्य हिस्से परिवर्तन के योग्य हैं, किंतु मानव की बुद्धिमत्ता का प्रतीक 'कार का विचार' स्थायी रूप से विद्यमान रहेगा, भले ही उस ऑटो में अनेक परिवर्तन हो जाएँ।

कार की रचना होना

↓		↓
एक ऐसी चीज जिसका पहले से अस्तित्व था और जो परिवर्तनशील है	+	एक ऐसी चीज जो बाद में बनी और जो पविर्तनशील नहीं है।
↓		↓
'कार का विचार' जो उसके बनने से पहले भी अस्तित्व में था और उसके विनष्ट हो जाने के बाद भी रहेगा।		कार के हिस्से व कल-पुरजे, जो समय के साथ विनष्ट हो जाएँगे

रचना का लक्ष्य है संयोजन को खोजना, **वह जिसका पहले से ही अस्तित्व है और वह जो परिवर्तनशील नहीं है।** जो भी परिवर्तन के अधीन है, वह रचना का परम स्रोत नहीं हो सकता। यदि आप ध्यान से देखें तो आप पाएँगे कि मानव मस्तिष्क की बुद्धिमत्ता का प्रतीक 'कार का विचार' भी परिवर्तन के अधीन है।

मानव का मस्तिष्क स्वयं अपनी ही बुद्धिमत्ता का स्रोत नहीं हो सकता।

हमारी उँगलियाँ किस प्रकार काम करती हैं, हमारे पैर किस प्रकार चलते हैं, हमारी आँखें किस प्रकार देखती हैं, हमारे कान किस प्रकार सुनते हैं? मानव शरीर के संचालन को नियंत्रित करनेवाली इस प्रज्ञा का स्रोत क्या है?

हम सभी जानते हैं कि मानव शरीर की प्रज्ञा मानव मस्तिष्क से ली गई होती है। इसी प्रकार मानव मस्तिष्क की प्रज्ञा किसी उच्चतर चीज से ली गई होती है। एक उदाहरण देखिए। यदि कोई लौह पिंड आग में रख दिया जाए और लाल होने तक दहकने दिया जाए तो वह चमकने लगता है, किंतु उसकी चमक जाती रहती है, क्योंकि वह उधार में ली गई होती है। **तो क्षय तभी संभव है, जब वह प्रकाश स्वयं अपना न होकर उधार लिया गया हो।**

मानव मस्तिष्क कभी तो बड़ा प्रबल होता है और कभी निर्बल हो जाता है, क्योंकि यह किसी भी चीज पर और हर चीज पर क्रिया कर सकता है। अतः मस्तिष्क के माध्यम से चमकनेवाला प्रकाश इसका अपना नहीं है। और जो कुछ भी पविर्तनशील है, वह स्वयं अपनी ही प्रज्ञा का स्रोत नहीं हो सकता है। तदानुसार, मानव मस्तिष्क स्वयं अपनी प्रज्ञा का स्रोत नहीं हो सकता। इसकी प्रज्ञा किसी अन्य चीज से उधार ली गई होती है।

'कार का विचार' यद्यपि मानव की प्रज्ञा का प्रतिनिधित्व करता है, किंतु यह किसी उच्चतर चीज से उधार लिया गया है।

तो, मानव की इस अपार और अछोर प्रज्ञा का आखिर स्रोत क्या है?

फिर यह (स्रोत) किसका है? अवश्य ही यह वह स्रोत होगा, जिसका मूल तत्त्व अपना ही हो और इसलिए यह कभी क्षय या खत्म न हो, कभी अति बलशाली और कभी निर्बल न हो, वह आत्म-प्रकाशित हो, उसका अपना ही प्रकाश हो। जो सुखी है, उसने सुख को उधार लिया हुआ है, जिसमें ज्ञान है उसने वह ज्ञान प्राप्त किया होता है और जिसका अन्योन्याश्रित अस्तित्व है, उसका अस्तित्व एक प्रतिबिंब ही होता है। गुण जहाँ भी हैं, वे पदार्थ पर प्रतिबिंबित होते हैं, किंतु 'वह एक तत्त्व' ज्ञान, अस्तित्व और आनंद को अपने गुणों के रूप में नहीं रखता, वे तो उस 'एक तत्त्व' के सार हैं।

—स्वामी विवेकानंद

''उसे न अग्नि जला सकती है, न जल गीला कर सकता है और न वायु उसे सुखा सकती है। मेरा परम धाम वह है, जहाँ पहुँचकर कोई वापस नहीं आता।''

कृष्ण इस परिच्छेद में अर्जुन से कह रहे हैं कि पुरुष 'वह एक तत्त्व' है और वही सृष्टि का वह स्रोत है, जिसमें से सबकुछ प्रकट हुआ है। पुरुष को केवल उन विशिष्टताओं की स्पष्ट व्याख्या करके जाना जा सकता है, जो मानव की प्रज्ञा से श्रेष्ठतर और उच्चतर हैं।

पुरुष की विशिष्टताएँ

(क) यदि पुरुष मानव शरीर की भाँति क्षय और खत्म नहीं हो

सकता तो फिर वह कभी नष्ट भी नहीं हो सकता। वह शाश्वत है, नित्य है, अनंत है।

(ख) मानव मस्तिष्क की भाँति यदि पुरुष कभी परिवर्तन के अधीन नहीं रहता तो इसका अर्थ यह हुआ कि उस पर कोई चीज क्रिया नहीं कर सकती। उससे उच्चतर या श्रेष्ठतर कुछ नहीं है, जो उसे प्रभावित कर सके।

(ग) पुरुष यदि अपनी प्रज्ञा किसी से उधार नहीं ले सकता तो इसका अर्थ है कि अवश्य ही इसका अपना स्वतंत्र और आत्मनिर्भर अस्तित्व है। यह किसी से उत्पन्न नहीं है। यह हमेशा से था। ऐसा कोई काल नहीं है, जब यह न रहा हो।

(घ) यदि पुरुष का स्वतंत्र अस्तित्व है, तो इसका यह अर्थ हुआ कि इसका सापेक्ष अस्तित्व नहीं हो सकता। यदि यह सापेक्ष अस्तित्ववाला नहीं है तो इसका यह अर्थ हुआ कि इसका अस्तित्व पूर्ण व परम है।

ऐसा नहीं है कि सूर्य में प्रकाश है, बल्कि सूर्य ही प्रकाश है। प्रकाश सूर्य का कोई गुण नहीं है, बल्कि उसका सार तत्त्व है और इसीलिए सूर्य का प्रकाश परम है। किंतु जब सूर्य का यही प्रकाश किसी वस्तु पर पड़ता है, तब प्रकाश उस वस्तु का परम प्रकाश नहीं हो जाता। वह सापेक्ष होता है अर्थात् दूसरे पर अवलंबित होता है, क्योंकि उसका प्रकाश दूसरे से लिया गया होता है। किंतु उस प्रकाश को उसका गुण मान लिया जाता है। तो जब भी आप किसी वस्तु में कोई गुण देखते हैं, तो उसका अस्तित्व आपको सापेक्ष ही मिलेगा। इस ब्रह्मांड में जो भी चीज रची गई है, उसका एक सापेक्ष अस्तित्व है और एक समय के बाद वह विनष्ट हो जाती है। किंतु पुरुष परम है और समस्त रचनाओं का स्रोत है। ऐसा नहीं है कि पुरुष को ज्ञान है, बल्कि वह ही ज्ञान है। ऐसा नहीं है कि पुरुष सृष्टिकर्ता है, बल्कि वह ही सृष्टि है। ऐसा नहीं

है कि पुरुष प्रसन्न है, बल्कि वह ही प्रसन्नता है। हम में पाए जानेवाले गुण जैसे प्रसन्नता, ज्ञान, अस्तित्व आदि पुरुष के गुण नहीं हैं, वे तो उसके सार तत्त्व हैं।

कृष्ण अर्जुन से कहते हैं, ''प्रकाशमानों में मैं सूर्य हूँ, नक्षत्रों में मैं चंद्रमा हूँ, पशुओं में मैं सिंह हूँ, इंद्रियों में मैं मस्तिष्क हूँ, समस्त जीवों की प्रज्ञा मैं ही हूँ। समस्त जीवों का जनक बीज मैं ही हूँ। हे अर्जुन, चर या अचर में कोई भी और कुछ भी ऐसा नहीं है, जिसका अस्तित्व मेरे बिना हो।''

पुरुष—समस्त प्रज्ञा का स्रोत

इस ब्रह्मांड की हर चीज (सूर्य, चंद्रमा, नक्षत्र, पर्वत, महासागर, पेड़-पौधे, पशु-पक्षी, मनुष्य आदि-आदि)—इन सब में दो बातें समान रूप से देखी जा सकती हैं।

1. 'उस वस्तु का विचार', जो कि उस वस्तु के बनाए जाने से पहले अस्तित्व में था।
2. वह जो उस वस्तु को बनाए जाने के लिए बाद में जोड़ा गया।

किसी वस्तु का विचार उस वस्तु की प्रज्ञा का प्रतिनिधित्व करता है, पुरुष में उसके स्रोत के साथ। उस प्रज्ञा का अस्तित्व तब भी बना रहता है कि जब वह वस्तु विनष्ट हो जाए अथवा परिवर्तित हो जाए। **रात में जब सूर्य दिखाई नहीं देता है, तब भी सूर्य की अवधारणा या संकल्पना तो बनी ही रहती है।** चंद्रमा जब आकाश में चमक नहीं रहा होता है, हम उसके अस्तित्व से तब भी अवगत तो रहते ही हैं। इस ब्रह्मांड का अस्तित्व जब नहीं रहता है, ब्रह्मांड की अवधारणा तब भी विद्यमान रहती है।

ब्रह्मांड की अवधारणा

'तर्कशास्त्रियों में मैं निर्णायक सत्य हूँ।'

रचना कोई एक घटना नहीं है, एक विधान है। इस संदेश में कृष्ण बताते हैं कि सृष्टि-रचना कोई ऐसी चीज नहीं है, जो किसी अनुसंधान द्वारा या अतीत काल में वापस जाने के द्वारा खोज निकाल ली जाए, इसकी बजाय अपने अवलोकन की क्षमता बढ़ाकर और सृष्टि के रचना-चक्र को समझ कर इसे प्रत्यक्ष जाना जा सकता है।

समस्त रचना का एक चक्र है। किसी बीज को ही लीजिए, पहले वह एक पौधा बनता है, फिर बढ़ते-बढ़ते एक विशाल वृक्ष बनता है, फिर वह सूख जाता है और अपना बीज छोड़ जाता है। वह अपना चक्र पूरा करता है—वह बीज के रूप में जन्मता है, फिर वृक्ष बनता है और पुनः बीज रूप में आकर समाप्त हो जाता है। वर्षा की बूँद को लीजिए, जो समुद्र से वाष्प-रूप में उठती है, फिर जल बन जाती है और पुनः वाष्प बन जाती है। विशालाकार पर्वतों को लीजिए। नदियाँ और ग्लेशियर उन पर लगातार काम करते रहते हैं, वे पर्वतों को निरंतर और निश्चित रूप से रेत में बदल देते हैं और उस रेत को ले जाकर समुद्र की तलहटी में परत-दर-परत जमा करते रहते रहते हैं, जो कि कठोर चट्टान बनती जाती हैं, भावी पर्वत का आकार लेने के लिए, पुनः घिसे जाने के लिए, पुनः चूरा बन जाने के लिए और यही सिलसिला चलता रहता है। रेत-कण पर्वत बन जाएँगे और फिर से रेत-कण बन जाएँगे। पशु जीवन को लीजिए। चिड़ियाँ को देखिए, कैसे वह अंडे से निकलती है, अपना जीवन जीती है और भावी चिड़ियाँ अंडे के रूप में जन्म देकर मर जाती है।

पक्षियों की भाँति ही मनुष्य का जीवन-चक्र है।

—स्वामी विवेकानंद

'समस्त जीव एक चक्र पूरा करके मेरी प्रकृति में आ मिलते हैं और उनके अगले चक्र के लिए मैं उन्हें पुनः छोड़ देता हूँ।'

कृष्ण कहते हैं कि समय रेखाकार नहीं है, अपितु चक्राकार है, आरंभ शब्द का सीधा सा अर्थ है किसी रचना-चक्र का आरंभ। इसका अर्थ इस सारे ब्रह्मांड का एक नए सिरे से आरंभ होना नहीं है। यह असभंव है कि रचना का कोई आरंभ हो। प्रकृति पर चढ़े हुए समय के मुलम्मे के कारण यह आरंभ होता केवल प्रतीत होता है। आरंभ शब्द का जहाँ-जहाँ उल्लेख हुआ है, वहाँ इसका अर्थ एक रचना-चक्र के आरंभ होने से ही है। प्रत्येक रचना-चक्र में आरंभ भी है और अंत भी। अंत एक नए आरंभ का हेतु होता है और आरंभ एक नए अंत का हेतु बनता है।

एक समय ऐसा था जब सबकुछ अंधकारमय था। सूर्य का अस्तित्व नहीं था, वायु, आकाश, जल, मानवजीवन—कुछ भी नहीं था। न कोई जीवन था और न ही मृत्यु थी। न रात होती थी, न दिन निकलता था। मिल्टन अपनी प्रसिद्ध कविता 'पैराडाइज लॉस्ट' में इस दृश्य को 'कोई प्रकाश नहीं, किंतु अँधेरा दीखता था' की तरह वर्णन करता है। महाकवि कालिदास ने इसका वर्णन इन शब्दों में किया है, ''अंधकार इतना घना कि उसमें सूई घोंपी जा सके। अँधेरा, अँधेरे में जा छुपा था। हर चीज दग्धता के कारण छुनछुना रही थी। सारी सृष्टि जाने कब से जलती प्रतीत हो रही थी कि जब एक दोपहर बाद क्षितिज के एक कोने से बादल की एक चित्ती दिखाई दी। आधा घंटे से कम समय में ही इसने पूरी पृथ्वी को ढक लिया और उसको एक बादल ने। फिर बादल जलप्लावनकारी वर्षा करने लगे। रचना का कारण इच्छा को बताया गया है। पुरुष, जो कि सर्वप्रथम अस्तित्व में आया, वह संकल्प में परिवर्तित हो गया और यह संकल्प इच्छा

रूप में, ब्रह्मांडीय प्रज्ञा (प्रकृति) के रूप में प्रकट हुई··और संपूर्ण सृष्टि आरंभ हुई।''

—स्वामी विवेकानंद

वह हर चीज, जिसका आदि है, उसका अंत भी निश्चित है। हर वह चीज, जो नी है वह परिवर्तन में से अवश्य गुजरेगी और अंततः उसका सबसे बड़ा परिवर्तन होगा मृत्यु या विनाश। यह विनाश कुछ और नहीं है, बल्कि स्रोत के पास, पुरुष के पास लौटना है। हर चीज को अपने स्रोत को लौट जाना होगा। काल के विधान से कोई नहीं बचा है। यह रचना और विनाश ब्रह्मांड का एक चक्र कहलाता है।

अर्जुन इस पर शंका करता है और पूछता है, ''ब्रह्मांड के एक चक्र की गणना कैसे की जाती है और एक चक्र के पूरा हो जाने पर क्या होता है?''

कृष्ण उत्तर देते हैं, ''मानवीय गणना के अनुसार एक हजार युग मिलकर ब्रह्मा का एक दिन होता है और इतनी ही बड़ी ब्रह्मा की रात्रि होती है। जब ब्रह्मा का दिन आरंभ होता है, तब समस्त जीव अव्यक्त अवस्था में से प्रकट हो जाते हैं और ब्रह्मा की रात्रि आने पर पुनः उसी अव्यक्त में विलीन हो जाते हैं।''

कृष्ण बताते हैं कि समय के पक्ष को नियंत्रित करनेवाली प्रज्ञा को ब्रह्मा कहा जाता है। **ब्रह्मा का एक दिन ब्रह्मांड के एक जीवनचक्र के बराबर होता है।** कृष्ण ब्रह्मांड के एक जीवनचक्र की अवधि को उजागर नहीं करते हैं। तथापि गत हजारों वर्षों में अनेक मनीषियों, ज्ञानियों, विज्ञानियों ने ब्रह्मांड के एक जीवन-चक्र की अवधि की गणना करने के प्रयास किए हैं। यद्यपि इस बारे में उनमें मतैक्यता नहीं है, फिर भी रचना-चक्र में विद्यमान एकत्व के बारे में तो वे सभी एकमत हैं।

रचना-चक्र के विधान में हुए अन्वेषण

सूर्य समस्त ऊर्जा का स्रोत है और इस ब्रह्मांड में पलनेवाले जीवों का पोषण करनेवाला है। किंतु सूर्य का भी अपना एक जीवन काल होता है, जिसके बाद वह भी काल के गाल में समा जाता है। सूर्य का जीवन 4.32 बिलियन वर्ष बताया जाता है, जिसके अंत में समूचा ब्रह्मांड विनष्ट हो जाता है और वापस अपने स्रोत में विलीन हो जाता है।

कृष्ण अर्जुन से कहते हैं, ''मैं काल से मुक्त और अविनाशी हूँ, और जगत् का ध्वंस करनेवाला काल हूँ।''

समय की भयावह प्रज्ञा

काल अर्थात् समय इस ब्रह्मांड को चलानेवाला सर्वोच्च विधान है, किंतु समय को एक अवधि के रूप में अथवा एक घटना के रूप में नहीं देखा जाना चाहिए, कृष्ण बताते हैं। और न ही इसे भूत, वर्तमान या भविष्य काल के संदर्भ में देखा जाना चाहिए। बल्कि यह समय, यह काल तो वह प्रज्ञा है, जो कि आपके मन में इन काल-गणनाओं के विभाजन का कारण बनती है।

समय के दो पहलू हैं—वास्तविक और भासनेवाला

जो समय वास्तविक समय है, वह समय की चेतना पर आधारित रहता है और जो समय भासता है, प्रतीत होता है, वह समय की व्यावहारिक प्रकटमानता और उसके विभाजन पर आधारित रहता है। जो समय वास्तविक है, वह समय असीम है और जो समय भासनेवाला है, जो प्रतीत हो रहा है, वह समय ससीम है। पुरुष जब प्रकृति में प्रवेश करता है, तब वह एक जीव का रूप धारण करता है, जो कि सभी जीवित प्राणियों में अलग-अलग आत्मा के रूप में विद्यमान रहता है। जीव से ही प्राण (जीवनी-शक्ति) प्रकट होता है, जो कि मानव

चेतना का मूलाधार है। प्राण से उद्‌भूत होनेवाला मनुष्य का श्वास समय का वास्तविक पहलू है। यह मानव चेतना की पूरी प्रणाली का गति-पालक-चक्र है। श्वास सबसे पहले फेफड़ों में काम करती है, फेफड़े हृदय पर काम करते हैं, हृदय रक्त संचार पर काम करता है, रक्त संचार मस्तिष्क पर काम करता है, मस्तिष्क मन पर और मन बाहरी जगत् से अवगत कराता है, सजगता प्रदान करता है।

इस प्रकार समय का आरंभ मानव की श्वास से होता है अर्थात् श्वास-निःश्वास की प्रक्रिया से, जो कि सारे अस्तित्व से हमें अवगत कराती है।

श्वसन केवल श्वास-निःश्वास की प्रक्रिया तक ही सीमित नहीं रहता है, बल्कि यह तो वह आधारभूत माध्यम है, जिसके द्वारा शरीर आत्मा से जुड़ी रहती है। 'प्राण'— अर्थात् जीवनी शक्ति, दो नाड़ियों के माध्यम से श्वसन की गति का कारण बनती है, ये नाड़ियाँ मस्तिष्क से होकर सुषुम्ना के आजू-बाजू से नीचे की ओर जाती हुईं उसके मूल में जाकर मिलती हैं, प्राण इनमें से संचरण करता हुआ मस्तिष्क को वापस लौट जाता है। इन दो नाड़ियों को 'पिंगला' (सूर्य नाड़ी) और 'इडा' (चंद्र नाड़ी) कहा जाता है। पहलीवाली अर्थात् पिंगला मस्तिष्क के बाएँ हैमिस्फीयर से शुरू होती है, मस्तिष्क के तल को पार करती हुई सुषुम्ना के दाईं ओर आती है और सुषम्ना के आधार पर पहुँचने से पहले पुनः उसे पार करती हुई अंग्रेजी के अंक आठ का आधा आकार बनाती है। दूसरी नाड़ी इडा इसका उलट करती हुई मस्तिष्क के बाएँ हैमिस्फीयर से शुरू होकर उक्त अंक आठ की आकृति को पूरा करती है।

हमारे शरीर व मस्तिष्क की सभी प्रणालियों और समस्त कार्यकलापों के लिए ये दोनों नाड़ियाँ ही जिम्मेदार हैं। इन नाड़ियों का प्रवाह दिन-रात चालू रहता है और ये हमारे शरीर के विभिन्न बिंदुओं में जीवनी-शक्ति का संचयन करती हैं, किंतु इनके बारे में कोई बिरला ही

सचेत होता है और अधिकांश जन इन दिव्य शक्तियों को अपनी चेतना को सुपरचार्ज कराने की ओर मोड़ देने में चूक जाते हैं।

श्वसन इन दो धाराओं के साथ घनिष्ठता से जुड़ा हुआ है। श्वसन का विज्ञान इन 'सूर्य' और 'चंद्र' धाराओं को एक नई दिशा देता है। सुषुम्ना के केंद्र से यह उनके लिए एक नई डगर खोलता है। सुषुम्ना बहुत महीन धागा सा होता है, जो प्रकाशमान होता है और जो निरंतर साधना व ध्यान द्वारा देखा और अनुभूत किया जा सकता है। यह धागा, जो कि रीढ़ के तल से शुरु होता है और पीनियल ग्रंथि पर खत्म होता है, उन समस्त आध्यात्मिक और दिव्य शक्तियों का आसन है, जो आप किसी मनुष्य में प्रकट होते देखते हैं। श्वसन की यह विधा परम चेतना का आधार है। ब्रह्मांड का एक जीवन-चक्र श्वसन के साथ अंतरंग रूप ये जुड़ा रहता है। इस प्रकार समय मानव-श्वसन से आरंभ होता है और हमें समस्त और संपूर्ण अस्तित्व से अवगत कराता है, भौतिक से भी और दिव्य से भी।

महान् ज्ञानवान् और प्रज्ञावान् लोग ब्रह्मांड के एक जीवन-चक्र की अवधि के बारे में गणना कैसे कर सके।

(क) एक प्राण (श्वास के अंदर लेने व बाहर छोड़ने की क्रिया) चार सेकंड के बराबर होता है। इतना ही समय दस लंबे शब्दों को बोलने में लगता है।

(ख) ऐसे 720 साँसों का एक 'मुहूर्त' होता है, जो 48 मिनट के बराबर बैठता है। मुहूर्त दरअसल समय की एक ऐसी विशेष स्थिति होती है, जो सम्यक् कार्य को सम्यक् समय पर संपन्न करने के विज्ञान के साथ संबंध रखती है। समय का उतना महत्त्व समय-प्रबंधन में नहीं है, जितना सटीक समयन विज्ञान व कला को समझने में है। **समय का संबंध तो सम्यक् कार्यों को सम्यक् समय पर संपन्न करने से है।**

किसी भी महान् प्रयत्न या अभियान में सफल होने के लिए तीन चीजों की आवश्यकता पड़ती है—एकाग्रता, लगनशीलता और प्रभु-इच्छा। यह प्रभु-इच्छा ही सटीक समय का रहस्य कहलाती है।

ज्ञान, मानवीय प्रयास और लगनशीलता—ये आपको केवल वांछित या आवश्यक दूरी तक तो ले जा सकते हैं, किंतु वह तो सटीक समयन की कला ही है, जो सभी बाधाओं को पार करा देती है और उल्लेखनीय परिणाम दिलाती है।

यदि आप अपने चारों ओर देखें तो आप पाएँगे कि प्रत्येक महान् सफलता के पीछे दो बातें रही हैं, अति उत्तम अवस्थिति और अति उत्तम समयन। पहली बात का संबंध मानवीय सूझ-बूझ से है और दूसरी का समय के विज्ञान व कला से। सारी गतिविधियाँ, सारे कार्यकलाप, चाहे वे महत्त्वपूर्ण हों या सामान्य, उनमें सफलता पाने के लिए सम्यक् समयन की सूक्ष्मताओं में पारंगत होना आवश्यक है।

(ग) ध्यान दीजिए कि 48 मिनट के ऐसे हर 30 मुहूर्त मिलकर 24 घंटे का एक दिन बनाते हैं। यह वही समय है, जितना समय पृथ्वी अपनी धुरी पर पूरा एक बार घूमने में लगाती है। एक दिन किसी उषा काल से संध्या काल तक का समय नहीं होता है। एक दिन एक सूर्योदय से आरंभ होता है और अगले सूर्योदय पर समाप्त होता है। प्रत्येक दिन 30 मुहूर्तों में विभाजित किया गया है और उसे आगे पुनः 7½ मुहूर्तोंवाले चार समान भागों में बाँट दिया गया है। सूर्योदय से दोपहर तक, दोपहर से सूर्यास्त तक, सूर्यास्त से मध्य रात्रि तक और मध्य रात्रि से सूर्योदय तक की प्रत्येक अवधि 7½ मुहूर्त की होती है।

किसी भी दिन का सर्वोत्तम समय उसका 29वाँ मुहूर्त होता है (सूर्योदय होने से पूर्ववाले अंतिम मुहूर्त से ठीक पहलेवाला मुहूर्त)। यह समय सूर्योदय से 96 मिनट पहले शुरू होता है और फिर 48 मिनट चलता है।

इतिहास में अब तक हुए अग्रणी लोगों ने समय के इस पक्ष को पहचाना है और इसी पुनीत अवधि को ध्यान के लिए चुना है। जो लोग इन 48 मिनटों के दौरान अपने इष्ट देव का ध्यान लगाएँगे, वे अपने आध्यात्मिक जीवन में द्रुत गति से प्रगति करेंगे, अपनी बड़ी बाधाओं को पार करने और अपने सच्चे सपनों को साकार करने में सहायक होनेवाले विचार उन्हें उपहार में मिलेंगे। ब्रह्म-मुहूर्त कहा जानेवाला यह मुहूर्त अपनी अंतरात्मा से संपर्क साधने के लिए सबसे श्रेष्ठ मुहूर्त होता है।

(घ) **महीना पहली तारीख से शुरू नहीं होता और तीस तारीख को खत्म नहीं होता।** संस्कृत में मास का अर्थ है चंद्रमा (जैसे पूर्णमासी अर्थात् पूर्ण चंद्रमा), उर्दू का महीना शब्द 'माह' अर्थात् चाँद से बना है, और अंग्रेजी का Month शब्द भी monath या mona से बना है और इनका अर्थ भी चंद्रमा है। हमारा हर महीना नए चंद्रमा से आरंभ होता है और अगले नए चंद्रमा पर समाप्त होता है। प्रत्येक महीना 29.5 दिनों का होता है। यह वह अवधि है, जिसमें चंद्रमा पृथ्वी की एक परिक्रमा पूरी करता है, नए चंद्रमा से आरंभ करके पूर्णिमा से होते हुए अगले नए चंद्रमा तक की परिक्रमा। चंद्रमा मानव-मन का मूर्त रूप है और मनुष्य की बहुत सी महत्त्वपूर्ण गतिविधियों को प्रभावित करता है। महीने का हर दिन चंद्रमा की सूर्य के साथ रहनेवाली स्थिति (कला) के अनुसार विशेष गुणवाला कहा जाता है। चंद्रमा की विभिन्न कलाओं (बढ़ने और घटने) और उनका मानव पर पड़नेवाले प्रभावों के अध्ययन को 'तिथि' कहते हैं अर्थात् वह अवधि, जिसमें चंद्रमा 12 प्रतिशत बढ़ता है। एक मास में 30 तिथियाँ होती हैं। और हर एक तिथि में महत्त्वपूर्ण व दैनिक जीवन के कार्यकलापों को संपन्न करने के बहुत से रहस्य छिपे होते हैं।

(ङ) 29.5 दिनोंवाले 12 महीनों का 354 दिनवाला एक सौर वर्ष होता है। चूँकि पृथ्वी सूर्य की एक परिक्रमा करने में 365 दिन

लगाती है। अतः हर 2½ वर्ष बाद 28 दिनों का महीना सूर्य के साथ ताल बिठाने के लिए वर्ष में अतिरिक्त जोड़ दिया जाता है। 12 महीने सूर्य के एक-एक राशि में प्रवेश करने पर आधारित हैं।

प्राचीन मनीषियों ने पृथ्वी की दो प्रमुख गतियाँ खोजी हैं, जो राशियों को और सूर्य के मार्ग को समझने में हमें सहायता करती हैं।

पृथ्वी की दो गतियाँ हैं, अपनी धुरी पर घूमना और सूर्य के चारों ओर चक्कर लगाते हुए अपनी कक्षा में घूमना।

पहली गति के कारण ही आप प्रतिदिन सूर्य को पूर्व से उगता व पश्चिम में डूबता देखते हैं। वास्तव में सूर्य पूर्व से पश्चिम की ओर नहीं चलता है, किंतु पृथ्वी के अपनी धुरी पर घूमने के कारण हमें ऐसा लगता है।

पृथ्वी की दूसरी गति है अपनी कक्षा में चलते हुए सूर्य का चक्कर लगाना। पृथ्वी सूर्य का यह चक्कर 365 दिनों में पूरा करती है।

चूँकि अन्य ग्रहों की अपेक्षा सूर्य अधिक निकट है। अतः इस परिक्रमा-पथ से ऐसा प्रतीत होता है। जैसे, सूर्य ग्रहों के बीच भ्रमण कर रहा है। दरअसल, सूर्य का यह भ्रमण उसके चारों ओर की पृथ्वी की कक्षा के कारण हमें लगता है। पृथ्वी जब सूर्य के चारों ओर परिक्रमा करती है, तब उसकी स्थिति के अनुसार हमें सूर्य ग्रहों के बीच घूमता लगता है।

इस परिक्रमा-पथ के दौरान ग्रहों का प्रतीत होनेवाला पथ आकाश में एक रेखा द्वारा चित्रित किया जाता है जिसे रवि-मार्ग कहते हैं; और इस रेखा से होता हुआ सूर्य जिस-जिस ग्रह से गुजरता जाता है, उसे राशि कहते हैं। ये राशियाँ या ग्रह संख्या में 12 होते हैं, फिर इनका आगे एक और उपविभाजन 27 नक्षत्रों के रूप में किया गया है। कुल मिलाकर ये ग्रह और नक्षत्र मानव स्वभाव की विशिष्टताओं और गुणवत्ताओं को भी प्रभावित करते हैं और उनका प्रतिनिधित्व भी करते हैं।

आकाश में सूर्य की गति इन 12 राशियों और नक्षत्रों से होकर गुजरती है, इस गति, तिथि और मुहूर्तों का अध्ययन सम्यक् समयन के एक विज्ञान को जन्म देता है, जिसे 'पंचांग' कहा जाता है।

(च) तीसरे अध्याय में हमने देखा है कि चंद्रलोक का एक वर्ष पृथ्वीलोक के 360 वर्ष के बराबर होता है, अर्थात् हमारे 360 वर्षों का देवताओं का एक दिन होता है और देवताओं के ऐसे 12000 वर्षों का एक महायुग होता है, इस प्रकार एक महायुग मनुष्यों के 360 वर्ष गुणा 12000=43,20,000 के बराबर हुआ। इन तैंतालीस लाख बीस हजार वर्षों को पुनः चार भागों में बाँटा गया है, जिन्हें युगों का नाम दिया गया है। और इन युगों में रहनेवाली मानव जीवन की अच्छाई और बुराई को उन युगों के स्वभाव के रूप में चिह्नित किया गया है।

पहला युग है 'सतयुग'—वह स्वर्णिम युग जिसमें सद्गुण, ज्ञान, सत्यनिष्ठा और प्रेम की बहुलता रहती है। हर प्राणी को प्रचुरता का सौभाग्य प्राप्त रहता है और चारों ओर सुख-शांति का वास रहता है। इस युग की अवधि पृथ्वी लोक के अर्थात् मनुष्यों के 17,28,000 वर्ष की होती है।

दूसरे युग को 'त्रेता युग' कहते हैं। इस युग में सद्गुणों का, अच्छाई का हनन होने लगता है और दुर्गुण व बुराई पनपने लगते हैं। इस युग में अच्छाई 75 प्रतिशत और बुराई 25 प्रतिशत हो जाती है। इस युग की अवधि पृथ्वी लोक के अर्थात् मनुष्यों के 12,96,000 वर्ष के बराबर होती है।

तीसरे युग को 'द्वापर युग' कहा जाता है। इसमें सद्गुण व अच्छाई का पतन और अधिक हो जाता है। इस युग की पहचान 50 प्रतिशत अच्छाईवाली और 50 प्रतिशत बुराईवाली गतिविधियों के रूप में की जाती है। इसकी अवधि हमारे 8,64,000 वर्षों की होती है।

फिर आता है चौथा और अंतिम युग जिसे 'कलियुग' कहा जाता

है। इस युग में धूर्तता, दुष्टता, घोखा और अनैकिता की गतिविधियाँ अपनी पराकाष्ठा पर रहती हैं। निर्मल मन व सच्चरित्र व्यक्तियों को कठिन परीक्षा से गुजरना पड़ता है और बड़ी-बड़ी बाधाओं व मुसीबतों का सामना करना पड़ता है, जबकि दुष्ट लोग सीना ताने घूमते रहते हैं। इस युग में बुराई 90 प्रतिशत तक पहुँच जाती है और अच्छाई बस 10 प्रतिशत रह जाती है। इस युग की अवधि 4,32,000 वर्ष की होती है।

वर्तमान में हम इसी अंतिम युग अर्थात् कलियुग में से गुजर रहे हैं, जो कि सन् 3102 ईसापूर्व की 18 फरवरी को आरंभ हुआ था। तदनुसार इसके 5112 वर्ष निकल चुके हैं और 4,26,888 वर्ष अभी बाकी हैं।

43.20 लाख वर्षों के ऐसे एक हजार महायुगों से मिलकर अर्थात् चार अरब बत्तीस करोड़ वर्ष का ब्रह्मा का एक दिन होता है, जिसे कल्प कहते हैं। ब्रह्मा का एक दिन अर्थात् चार अरब बत्तीस करोड़ वर्ष पूरे हो जाने पर ब्रह्मांड विनष्ट हो जाता है क्योंकि तब सूर्य नहीं रहता और जीवन का अंत हो जाता है।

तथापि कृष्ण कहते हैं, ''ब्रह्मांड का विचार, जो कि उसके विनष्ट हो जाने के बाद भी शेष रहता है, वही सृष्टि के अगले चक्र के लिए उसकी रचना का कारण बनता है और इस प्रकार यह चक्र चलता रहता है।''

जीवन-चक्र को समझने की दृष्टि से पाठकों के लिए यहाँ कुछ आवश्यक गणनाएँ दी जा रही हैं—

ब्रह्मांड का एक जीवन चक्र=4 अरब 32 करोड़ वर्ष (सूर्य का जीवन)

एक प्राण (श्वास) = चार सेकंड

एक मुहूर्त = 720 प्राण = 48 मिनट

30 मुहूर्त = 24 घंटे

एक महीना = 30 दिन

पृथ्वी का एक वर्ष = 360 दिन (हर 2½ वर्ष बाद संशोधित)

चंद्रलोक में देवताओं का एक दिन = पृथ्वी के 360 वर्ष

एक महायुग = देवताओं के 12000 वर्ष = पृथ्वी के 43 लाख 20 हजार वर्ष

ब्रह्मा का एक दिन (कल्प) = 1000 महायुग = पृथ्वी के 4 अरब 32 करोड़ वर्ष = सूर्य की आयु

यहाँ यह उल्लेखनीय है कि आधुनिक विज्ञान द्वारा सूर्य की आयु की गणना 4 अरब 57 करोड़ वर्ष आँकी गई है, जो कि आज से पाँच हजार वर्ष पूर्व हिंदू ऋषि-मुनियों द्वारा बिना किसी आधुनिक तकनीकों के आँकी गई आयु के बहुत निकट है। हाल ही में हुए वैज्ञानिक अनुसंधान भी पृथ्वी के इतिहास में हुई व्यापक विनाश की घटनाओं का समर्थन करते हैं। इनमें कुछ निम्नलिखित घटनाएँ शामिल हैं—

(क) लगभग 440 मिलियन वर्ष पूर्व हुई ऑर्डोविशियन/सिलूरियन के विनाश की घटना।

(ख) लगभग 375 मिलियन वर्ष पूर्व हुई डेवानियन विनाश की घटना।

(ग) लगभग 250 मिलियन वर्ष पूर्व हुई ट्रायसिक विनाश की घटना।

यद्यपि विनाश की उपर्युक्त घटनाएँ 4 अरब 32 करोड़ के काल से भिन्न हैं, किंतु ये ब्रह्मांड की रचना और विनाश की अवधारणा का पर्याप्त प्रमाण और गहन बोध तो प्रदान करती ही हैं।

कृष्ण कहते हैं, ''ये कर्म मुझे नहीं बाँध पाते हैं। मैं उदासीन की भाँति इन सारे कर्मों से मुक्त रहता हूँ। जिस प्रकार प्रबल वायु सर्वत्र प्रवहमान होते हुए भी सदैव आकाश में स्थित रहती है, उसी प्रकार

समस्त प्राणी मुझमें वास करते हैं, किंतु मैं उनमें वास नहीं करता।''

कृष्ण बताते हैं कि यह विचार 'मैं ब्रह्मांड की रचना करूँ' मुझमें से नहीं उठता है। रचना और विनाश की क्रिया काल के विधान द्वारा नियंत्रित होती है। काल का विधान प्रकृति का एक तत्त्व है। वह काल से ऊपर है और प्रकृति के कारक उसे बाँध नहीं पाते हैं। सारभूत रूप से वह पुरुष है, वही जो कि अनादि है, अनंत है।

इसके अतिरिक्त कृष्ण यह भी बताते हैं कि पुरुष अर्थात् परम-आत्मा सदा-सर्वदा रहता है और यह रचना-चक्र प्रकृति के क्षेत्र में बना रहता है। अत: वे अर्जुन को सलाह देते हैं कि अमरत्व के लिए पुरुष और प्रकृति दोनों को जानना आवश्यक है।

''जैसे एक सूर्य सारे संसार को प्रकाशित कर देता है, वैसे ही मैं इस क्षेत्र का स्वामी इस रचना के समूचे क्षेत्र को प्रकाशित कर देता हूँ।''

ब्रह्मांड की उत्पत्ति को जानने की सरल सी विधि

मान लीजिए कि आपको कुछ स्वादिष्ट खाना खाने का मन है और आप उसे बनाना भी स्वयं ही चाहते हैं। हम यह भी मान लेते हैं कि आप पिज्जा बनाने का निर्णय लेते हैं। अत: आप ओवन को गरम करते हैं, पिज्जा पैन पर पिज्जा तैयार करते हैं और फिर उसे 15 मिनट के लिए ओवन में रख देते हैं। 15 मिनट बाद आपका पिज्जा तैयार हो जाता है। फिर आप उसके ऊपर अपनी पसंद के मसाले आदि बुरकते हैं और अन्य चीजों से उसे सजाते हैं। अब आपका पिज्जा तैयार है और उसका आनंद लेने के लिए आप भी तैयार हैं।

अब एक नोटपैड लीजिए और उसके एक पृष्ठ को दो भागों में विभाजित कर लीजिए। दाहिनीवाली तरफ लिखिए 'पिज्जा का आदि और अंत' और बाईं तरफ लिखिए 'पिज्जा का विचार।'

दाहिनी तरफ वह दिनांक लिखिए, जिसमें आपने पिज्जा बनाया,

वह समय लिखिए, जब आपने उसे बनाना शुरू किया था और फिर वह समय भी कि जब आपने उसे खा लिया था। इस उदाहरण के लिए दिनांक 24 मार्च मान लेते हैं और समय आप कोई सा भी मान लें।

पिज्जा का विचार	।	**पिज्जा का आदि और अंत**
	।	**दिनांक 24 मार्च 2011**
		पिज्जा का आरंभ : 10.30 बजे
	।	**पिज्जा का अंत : 11.15 बजे**

अब आप स्वयं से यह प्रश्न पूछिए—जब आपने पिज्जा निपटा दिया अर्थात् खा लिया तब वास्तव में क्या चीज खत्म हो गई थी? अब प्लेट में पिज्जा नहीं था, वह आपके उदर में चला गया था, किंतु कोई एक चीज तब भी वजूद में बनी रह गई थी, जबकि पिज्जे का वजूद खत्म हो गया था।

पिज्जे का विचार तब भी अस्तित्व में बना रहा था, जबकि पिज्जे का अस्तित्व समाप्त हो चुका था। और यही वह विचार है, जो कि भविष्य में आपके द्वारा एक और पिज्जा बनाए जाने और खाए जाने का कारण बनेगा।

मान लीजिए कि तीन दिन बाद आपको पुन: पिज्जा बनाने और खाने का मन होता है। आप एक बार फिर वही सारी प्रक्रिया दोहराते हुए पिज्जा बनाते हैं और उसे खाने का आनंद लेते हैं। अपना नोटपैड फिर उठाइए और उसमें दिनांक सहित यह लिखिए कि आपने पिज्जा बनाना कब शुरू किया और कब उसे खाकर निपटा दिया।

पिज्जा का विचार । पिज्जा का आदि और अंत
। 27 मार्च 2011
। पिज्जा का आरंभः शाम 6 बजे
। पिज्जा का अंतः शाम 7.30 बजे

अब यदि कोई आपसे पूछे, आपने पहली बार पिज्जा बनाना कब शुरू किया था?

तो यही बताएँगे, "पहली बार मैंने पिज्जा 24 मार्च, 2011 को बनाया था। उस दिन मैंने यह सुबह 10.30 बजे बनाना शुरू किया था और 11.15 बजे तक मैंने उसे खाकर खत्म कर दिया था। दूसरी बार मैंने पिज्जा दिनांक 27 मार्च, 2011 को बनाया था। वह मैंने शाम को 6 बजे बनाना शुरू किया था और 7.30 बजे तक उसे खाकर खत्म कर दिया था।

क्या आपका उत्तर पूरी तरह सच है? नहीं, सचमुच नहीं!

कोई पिज्जा बिना उस विचार के बनाया ही नहीं जा सकता था, जिसका पहले से ही अस्तित्व न रहा हो।

पिज्जा के विचार का अस्तित्व आपके पहली बार पिज्जा बनाना शुरू करने से भी पहले से था और तब भी बना हुआ है कि जब आप अपने आखिरी बार के पिज्जे को हजम कर चुके हैं। पिज्जा के विचार का कभी अवसान नहीं होता। उसका अस्तित्व सदैव रहता है। हो सकता है कि इस विचार से आप पहले कभी अवगत न रहे हों, किंतु यह हमेशा विद्यमान रहा है, स्वयं को प्रकट रूप में लाने के लिए आतुर। एक स्वादिष्ट पिज्जा के रूप में हुए इसके प्रकटीकरण का एक आदि भी है और एक अंत भी, किंतु पिज्जा के प्रकट रूप के आरंभ होने के बाद इसके निपट जाने का अर्थ यह बिल्कुल नहीं है कि पिज्जा के विचार का ही अंत हो गया हो। पिज्जा का विचार सदा से विद्यमान था, आगे भी सदा विद्यमान रहेगा और भविष्य में पिज्जा बनाए जाने व खाए जाने का कारण बनता रहेगा।

अब अपने नोटपैड में एक नया पृष्ठ खोलिए, उसे दो भागों में बाँट लीजिए, उसके बाईं तरफ लिखिए 'ब्रह्मांड का विचार' और दाईं तरफ लिखिए 'ब्रह्मांड का आदि और अंत'।

ब्रह्मांड का विचार	**ब्रह्मांड का आदि और अंत**

अब आप स्वयं से यह प्रश्न पूछिए, "इस ब्रह्मांड का आरंभ कब हुआ?"

हम यह पहले देख आए हैं कि यह 'आरंभ' शब्द भ्रामक है, भटकानेवाला है। यह आपको सोचने की इस दिशा में खींच ले जाता है कि हर चीज का अवश्यमेव एक आरंभ भी है और एक अंत भी। किंतु यह तथ्य व सत्य नहीं है।

इस सरल से अभ्यास को करने का प्रयास कीजिए। किसी भी ऐसी चीज को रचने का, बनाने का प्रयास कीजिए, जो पहले से अस्तित्व में न रही हो। आप देखेंगे कि यह असंभव है। जो भी चीज हम बनाते हैं, वह किसी-न-किसी रूप में संसार में पहले से ही विद्यमान रही है।

आप ऐसी कोई भी चीज बना ही नहीं सकते, जो पहले से विद्यमान न रही हो।

इस ब्रह्मांड में जो भी चीज बनती या बनाई जाती है, वह किसी-न-किसी रूप में पहले से ही विद्यमान थी, किसी-न-किसी रूप में उसका अस्तित्व था। प्रकृति इस रूप का प्रतिनिधित्व करती है, ब्रह्मांड का वह विचार, जिसमें से यह सारा ब्रह्मांड प्रकट हुआ, व्यक्त हुआ।

'ब्रह्मांड के विचार' का स्रोत है पुरुष, वह जो पहले से ही था और परिवर्तन के अधीन नहीं है, और प्रकृति है पुरुष का प्रकट तथा व्यक्त

रूप। हर वह चीज, जिसका उद्गम प्रकृति से होता है, उसका एक आरंभ भी होता है और एक अंत भी, किंतु पुरुष व प्रकृति शाश्वत हैं, वे सदा-सर्वदा से अनादि रहे हैं और सदा-सर्वदा अनंत रहेंगे।

ब्रह्मांड के विचार का न कोई आदि है और न ही कोई अंत।

जो भी चीज प्रकृति से उत्पन्न होती है, उस हर चीज का एक आरंभ भी होता है और एक अंत भी। यह आदि और अंत ब्रह्मांड का एक जीवन-चक्र कहलाता है। एक जीवन-चक्र पूरा हो जाने के उपरांत ब्रह्मांड विनष्ट हो जाता है और अपने स्रोत को लौट जाता है। वहाँ वह ब्रह्मांड के विचार के रूप में विद्यमान रहता है, जो कि ब्रह्मांड के अगले जीवन-चक्र के रूप में व्यक्त होने का, प्रकट होने का कारण बनता है। और यह चक्र चलता रहता है।

अब अपनी आँखें बंद कीजिए और इस एक यथार्थ पर अपना ध्यान केंद्रित कीजिए—उस पुरुष पर, जिसमें से सबकुछ प्रकट होता है और जिसमें सबकुछ वापस विलीन हो जाता है।

कृष्ण गीता में उद्घोषित करते हैं, ''वैदिक छंदों में मैं गायत्री मंत्र हूँ।''

उषा काल में थोड़ा पहले उठें। फर्श पर पद्मासन में या आलथी-पालथी लगाकर बैठ जाएँ और गायत्री मंत्र के पाठ करने का आनंद महसूस करें।

गायत्री मंत्र

ओऽम् भूर्भुवः स्वः
तत्सवितुर्वरेण्यं
भर्गो देवस्य धीमहि
धियो यो न प्रचोदयात्।

ओऽम् प्रकृति से प्रकट होनेवाला प्रथम स्वर है, प्रथम ध्वनि है। ध्वनि ही सृष्टि का आरंभ है। ध्वनि से ही शब्द बनते हैं, शब्द फिर विचार बन जाते हैं, और फिर विचार बाह्य वस्तुओं का आकार ले लेते हैं। तीन

अक्षरों—अ, उ और म्—के उच्चारण से उत्पन्न होनेवाली ओऽम् की ध्वनि ध्वन्यात्मकता के संपूर्ण परिदृश्य का प्रतिनिधित्व करती है और समस्त ध्वनियों का उद्गम मानी जाती है।

जब आप ओऽम् का उच्चारण करते हैं, तब आप अपने अंतरतम से एक आत्मीय शक्ति को उठता हुआ महसूस करते हैं। इस रहस्यमय ध्वनि का आमोद और आनंद लीजिए।

तीन शब्द 'भू: भुव: स्व: ' तीन समानांतर लोकों—अर्थात् पृथ्वीलोक, चंद्रलोक और द्युतिलोक का प्रतिनिधित्व करते हैं। जब आप 'भूर्भुव: स्व: ' का उच्चारण करें, तब कल्पना करें कि आप इन तीनों लोकों को क्रमश: प्रकट कर रहे हैं। सर्वप्रथम आप पृथ्वीलोक को प्रकट कीजिए, फिर चंद्रलोक को और अंतत: द्युतिलोक को। रचने की शक्ति के आनंद को अनुभूत कीजिए। इन तीन लोकों के शक्तिमय आविर्भाव को महसूस कीजिए।

शब्द 'तत्सवितुर्' का अर्थ है कि आप अपने जीवन में, जो भी रचना करना चाहते हैं, उसके लिए आप ईश्वर से उसके अनुग्रह की प्रार्थना कर रहे हैं। साथ ही आप उस रचित से पूरी तरह अनासक्त रहने का वचन भी दे रहे हैं।

जब आप 'भर्गो देवस्य धीमहि' का उच्चारण करते हैं, तब आप पुरुष अर्थात् परम-आत्मा पर ध्यान लगाने के लिए स्वयं को अनुमति दे रहे होते हैं।

शब्द 'धियो' का अर्थ है, बुद्धि। आप ईश्वर से प्रार्थना कर रहे हैं कि जिस प्रकार अग्नि हर चीज को जलाकर भस्म कर देती है, उसी प्रकार वह आपके अज्ञान को भस्म कर दे और बुद्धि को प्रदीप्त करे। जब आप 'धियो यो न प्रचोदयात्' उच्चरित कर रहे होते हैं, तब आप अपनी बुद्धि को अछोर विचारों के कुहासे से परे जाने दे रहे होते हैं और दिव्य प्रकाश की पहली किरण को फूटता हुआ अनुभव करते हैं।

□

अध्याय आठ

समस्त धर्मों का सत्य

जो ऐसा समझते हैं कि केवल उन्हीं का धर्म सर्वोत्तम है, उन्हें यह जानने की आवश्यकता है कि जिन सिद्धांतों और विश्वासों पर वे इतना अभिमान और अहंकार कर रहे हैं, वे सभी किसी-न-किसी रूप में लाखों वर्ष पहले ही खोज लिए गये थे और उपदेशित किए जा रहे थे। सत्य सदा ही धर्म से पहले विद्यमान रहा है।

—स्वामी विवेकानंद

तभी तो कृष्ण स्पष्ट कहते हैं, ''समस्त धर्मों के मोतियों के बीच में गुँथा हुआ धागा मैं ही हूँ।''

कृष्ण बताते हैं कि हम मानचित्र को ही वह भू-क्षेत्र मान लेने का भ्रम पाल लेते हैं। भगवद्गीता, न्यू टेस्टामेंट, धम्मपद, कुरान तथा अन्य सभी धार्मिक ग्रंथ तो केवल मानचित्र की तरह हैं, जो हमें अपने परम क्षेत्र—पुरुष—तक पहुँचने में हमारी सहायता करते हैं।

हम एक उदाहरण लेते हैं। पाँच लोग हैं, जो बिंदु क से बिंदु ख तक की यात्रा करना चाहते हैं। इन पाँचों जनों का व्यक्तित्व भिन्न-भिन्न प्रकार का है और ये पाँचों ही यात्रा के भिन्न-भिन्न पड़ावों पर हैं। उनमें

से दो यात्रा के आरंभ में ही हैं, एक जना आधी यात्रा कर चुका है और दो यात्रा को पूरी करने ही वाले हैं। मान लीजिए कि पाँच अच्छे मानचित्र उपलब्ध हैं, जो किसी को भी बिंदु क से बिंदु ख तक पहुँचने में सहायता कर सकते हैं। पहलेवाले को, जो कि यात्रा के आरंभिक दौर में हैं, उन्हें मानचित्र 'अ' अधिक अच्छा लगता है, क्योंकि किसी नौसीखिए के लिए उसके अनुसार यात्रा करना आसान है। जो यात्रा के बीच में है, उसे मानचित्र 'आ' अच्छा लगता है, क्योंकि यह उसे आगे आनेवाले मार्गों के बारे में, जानकारी देता है। जो यात्रा की लगभग पूरी होने की स्थिति में हैं, उन्हें मानचित्र 'इ' अच्छा लगता है, क्योंकि यह केवल एक चीज पर फोकस करता है—लक्ष्य पर, बिंदु ख पर पहुँचने पर।

ये पाँचों ही मानचित्र अपने आप में पूरे व सही हैं और किसी को भी बिंदु क से बिंदु ख तक ले जाने में मदद करनेवाले हैं। हर व्यक्ति के अलग-अलग व्यक्तित्व के अनुसार और इस तथ्य के अनुसार कि वह इस यात्रा में कहाँ पर है, किसी को कोई सा मानचित्र बेहतर लगता है और किसी को कोई सा। विभिन्न धर्मग्रंथ भी विभिन्न मानचित्रों की तरह ही हैं, प्रत्येक अपने-आप में संपूर्ण है और आपको परम लक्ष्य अर्थात् पुरुष तक पहुँचने में मदद करनेवाला है। किसी व्यक्ति को कोई एक ग्रंथ किसी दूसरे ग्रंथ से अधिक श्रेष्ठ लगने का कारण केवल उस व्यक्ति के व्यक्तित्व द्वारा उनके विधानों की व्याख्या में की जानेवाली भिन्नता से पैदा होता है, और इस बात से भी कि यात्रा में वह कहाँ पर है।

एकता व समरूपता केवल विधानों में देखी जा सकती है न कि शब्द विन्यास में विभिन्न ग्रंथों में भिन्नता तभी प्रतीत होती है, जब आप उनके उन महान् सिद्धांतों और विधानों पर ध्यान देने की बजाय, जिन्हें देने के लिए वे बनाए गए हैं, आप उनमें लिखे गए शब्दों पर अधिक ध्यान देने लगते हैं। दान का विधान, मृत्यु के बाद के जीवन का विधान, निर्मल प्रेम का विधान, अनासक्ति का विधान, चार परलोकों का विधान

और उनसे भी पार चले जाने का विधान, ये सब उच्चतर विधान हैं। इन विधानों को जानने और इन्हें याद रखने से सभी धर्मों के प्रति बेहतर समझ व सम्मान-भावना आती है और साथ ही अधिक व्यक्तिगत शांति व संतोष भी।

तनिक इस बारे में सोचिए, यदि कृष्ण के संदेश में कोई ज्ञान-परिज्ञान न होता तो क्या आप उनकी पूजा करते? यदि बुद्ध त्याग और निस्स्वार्थता से परिपूर्ण न होते तो क्या आप उन्हें स्वीकार करते? यदि ईसा में निर्मलता और करुणा न होती तो क्या आप उन्हें प्रेम करते?

इस सृष्टि में पहले कौन आया, प्रेम और निर्मलता या ईसा? त्याग और निस्स्वार्थता या बुद्ध? ज्ञान-परिज्ञान या कृष्ण?

कृष्ण बुद्ध से 2000 वर्ष पहले आए थे और बुद्ध ईसा से 500 वर्ष पहले। समस्त महान् विधानों के प्रदाता और प्रथम पवित्र ग्रंथ वेद कृष्ण के जन्म से 4000 वर्ष पूर्व लिखे जा चुके थे। इस सब का अर्थ क्या हुआ? प्रेम हमेशा से था। निर्मलता हमेशा से थी। त्याग हमेशा से था। ज्ञान हमेशा से था। ये तो ईश्वर के गुण हैं।

ईश्वर को जब आप प्रेम, निर्मलता, त्याग और ज्ञान के गुणों में देखते और अनुभूत करते हैं, तब वह अमूर्त रूप में विद्यमान रहता है। ये गुण सत्य के ही स्वरूप हैं।

जब प्रेम, निर्मलता, निस्स्वार्थपरता, त्याग, ज्ञान और शक्ति के ये विशिष्ट गुण कृष्ण, बुद्ध, ईसा या मुहम्मद जैसे महान् व्यक्तित्व में प्रतिबिंबित हो जाते हैं, तब ईश्वर मूर्त रूप में विद्यमान हो जाता है।

''जो कोई हमारे इस पवित्र संवाद का अध्ययन करेगा, वह अपनी बुद्धि द्वारा मेरी पूजा कर रहा होगा,'' कृष्ण अर्जुन को बताते हैं।

जब आप गीता का अध्ययन करते हैं, तब आप उच्चतर विधानों को अनुभूत करते हैं। जब आप अन्य पवित्र ग्रंथों का अध्ययन करते हैं, तब आप अपने वास्तविक स्वरूप को अनुभूत करते हैं।

बहुत से लोगों का मानना है कि कोई व्यक्ति तब तक पूर्णता प्राप्त नहीं कर सकता, जब तक कि वह अपने धर्म के पवित्र ग्रंथों को पढ़ नहीं लेता। जब कि यह सत्य नहीं है, कृष्ण बताते हैं।

धर्मग्रंथ तो मानचित्र की तरह होते हैं, जिनकी आवश्यकता आपको तब पड़ती है, जब आप यात्रा करते हुए मार्ग भटक जाते हैं।

तथापि थोड़े ही सही, किंतु ऐसे लोग भी होते हैं, जिनको यात्रा करने के लिए मानचित्र की आवश्यकता ही नहीं होती। वे यात्रा को भी जानते हैं और अपने गंतव्य को भी।

''जब-जब धर्म की हानि होती है और अधर्म की प्रधानता हो जाती है, तब-तब मैं अवतार लेता हूँ,'' कृष्ण अर्जुन को बताते हैं, ''तुम जब भी किसी महान् आत्मा को मानवता का उद्धार करने का प्रयत्न करते देखो तो जान लो कि वह मेरी ही महिगा से उत्पन्न हुआ है और यह कि मैं उसमें वास करता हूँ।''

समस्त धार्मिक विभूतियाँ अपनी यात्रा को भी भली-भाँति जानती थीं और अपने गंतव्य को भी। उन्होंने स्वयं में ईश्वरत्व के दर्शन कर लिये थे और इसीलिए वे स्वयं को पूजने के लिए लोगों को प्रोत्साहित करते थे। अपने उपदेशों के लिये उनके द्वारा चयनित शब्द भले ही भिन्न-भिन्न रहे हों, किंतु उनका लक्ष्य और प्रयोजन एक ही था, लोगों को इस परम विधान से अवगत कराना कि 'तुम पुरुष हो और शेष सब प्रकृति है।'

अब कृष्ण अपने संदेश का आधारभूत तत्त्व समझाते हैं, ''मैं सभी के प्रति समभाव हूँ। मैं न तो किसी के साथ द्वेष करता हूँ और न ही पक्षपात करता हूँ। जो संपूर्ण समर्पण भाव से मेरी भक्ति करता है, वह मुझमें वास करता है और मैं उसमें।''

□

उपसंहार

"हे धनंजय! क्या तुमने इस (शास्त्र) को एकाग्रचित्त होकर सुना? और क्या तुम्हारा अज्ञान और मोह अब दूर हो गए हैं?" कृष्ण ने पूछा।

अर्जुन ने उत्तर दिया, "हे चारों लोकों के स्वामी! अब मेरा मोह दूर हो गया है और आपके अनुग्रह से मेरी सत्य की स्मृति वापस आ गई है। मैं अब आपको आदेशानुसार कर्म करने के लिए उद्यत हूँ।"

फिर अर्जुन संशयरहित होकर और इस ज्ञान में दृढ होकर कि वह सम्यक् कर्म के मार्ग पर जा रहा है, कौरवों को परास्त करता है और युद्ध में विजयश्री प्राप्त करता है।

जहाँ योगेश्वर कृष्ण हैं और धनुर्धर अर्जुन हैं, वहाँ श्री, विजय, शाश्वत ऐश्वर्य और नीति रहती है।

□□□